Orte der Ewigkeit
Sag mir, Tod, wie spät es ist
13 Geschichten über den Tod die vierte

AF282605

Orte der Ewigkeit

Sag mir, Tod, wie spät es ist

Impressum

Bibliografische Information der Deutschen Nationalbibliothek:
Die Deutsche Nationalbibliothek verzeichnet diese Publikation in der Deutschen Nationalbibliografie; detaillierte bibliografische Daten sind im Internet über http://dnb.dnb.de abrufbar.

Die automatisierte Analyse des Werkes, um daraus Informationen insbesondere über Muster, Trends und Korrelationen gemäß §44b UrhG („Text und Data Mining") zu gewinnen, ist untersagt.

© 2025 Orte der Ewigkeit

Verlag: BoD · Books on Demand GmbH, Überseering 33, 22297 Hamburg, bod@bod.de

Druck: Libri Plureos GmbH, Friedensallee 273, 22763 Hamburg

ISBN: 978-3-8192-9876-9

Inhaltsverzeichnis

Vorwort

Ich habe euch nie darum gebeten, mich zu mögen. Und ich nehme es euch nicht übel, dass ihr mich meidet, vertreibt, verspottet. Ich verstehe das. Ich verstehe euch. Ihr seid Wesen des Anfangs. Ich bin das Danach. Und was nicht jetzt ist, macht euch Angst. Aber ich war immer da. Im ersten Schrei eures Lebens lag schon mein Flüstern. In jedem Abschied, jedem Schnitt, jedem Wandel: mein Schatten. Ich bin nicht die Strafe. Ich bin das Maß. Ich bin nicht das Ende. Ich bin der Moment, in dem ihr aufhört, euch selbst zu belügen. Manche von euch haben mich gesehen. Nicht direkt – das geht nicht. Aber sie haben mich gespürt. Sie haben ihre Füße ins Gras gesetzt und meine Stimmen gehört. Sie haben Blumen verschenkt, die nicht blühen sollten. Sie haben Zeit geschenkt, die ihnen selbst fehlte. Sie haben mich geliebt. Und ich habe sie geliebt. In diesen dreizehn Geschichten bin ich nicht immer zu sehen. Aber ich war da. Manchmal als Flüstern. Manchmal als Frage. Manchmal als Vater. Du wirst mich erkennen. Nicht gleich. Nicht laut. Aber irgendwann – auf Seite siebzehn, oder auf Seite zweihundert. Und dann wirst du merken, dass ich dir nie fremd war. Ich bin nicht euer

Feind. Ich bin nur der, der am Ende der Straße auf euch wartet. Ohne Uhr. Ohne Eile. Aber mit offenen Augen. Sag mir, Mensch – willst du überhaupt wissen, wie spät es ist?

– Der Sohn von Zeit und Leben

EINS

Michi – so nennt man sie, weil sie „Michaela" nie mochte – öffnet die kleine Gartenpforte, die im Wind leise klappert, und tritt auf den verwilderten Pfad, der zum Bungalow ihres Großvaters führt. Er ist jetzt ihrer. Vererbt, wie man sagt, als wäre das Herz eines Menschen ein Möbelstück, das man weitergibt. Aber für Michi war er mehr als nur ein Großvater. Er war der, der ihr nicht Bücher vorlas, sondern Geschichten aus dem Nichts gebar – am Küchentisch, zwischen zwei Teetassen, mit einem Lächeln im Mundwinkel, das schon verriet, dass er selbst nicht wusste, wohin die Reise ging. Ihr Großvater war Schriftsteller. Aber seine schönsten Geschichten hat er nie aufgeschrieben. Er hat sie ihr erzählt. Nur ihr.

Michi bleibt einen Moment im Garten stehen. Für die Nachbarn war er nie mehr als ein Ärgernis – zu wild, zu unordentlich, zu sehr gegen das System aus akkuraten Hecken und linientreuen Rasenflächen. Aber Michi hat diesen Garten immer geliebt. Weil er atmete. Weil er sich weigerte, etwas anderes zu sein als er selbst. Der Rasen war keine disziplinierte Armee aus Grashalmen, sondern eine Wiese mit Eigenwillen – weich, widerspenstig, voll kleiner Überraschungen. Die Büsche standen, wie sie wollten, nicht wie sie sollten. Und der Apfelbaum war kein gezähmter Spalierträger, sondern ein gewachsener Riese. So hoch, dass man erst klettern musste, um seine Früchte zu erreichen. Michi war oft oben in seinen Ästen, ihre Eltern unten bleich vor Angst – doch ihr Großvater hatte dann immer diesen Blick, diesen stummen Stolz, der sagte: Schau sie dir an. Meine Enkelin. Eine, die sich traut.

„Ah, Frau Michaela." Die Stimme kommt von links, reißt Michi aus ihren Gedanken wie ein plötzlicher Windstoß ein Blatt vom Ast. Sie schaudert leicht – nicht nur wegen des Tons, sondern wegen des Namens. Niemand nennt sie so. Niemand, den sie mag. Der Nachbar steht an seinem Zaun, akkurat wie immer. Die Hemdknöpfe geschlossen, der Blick abschätzend freundlich. „Sie sind jetzt also die Besitzerin des Bungalows? Werden Sie hier wohnen wie Ihr Großvater?" Noch bevor Michi antworten kann, hebt er die Hand zu einer beiläufigen Geste, als sei ihm der nächste Satz bloß so eingefallen. „Wissen Sie, ehrlich gesagt – ich fand das ja nie gerecht. Dass er hier dauerhaft wohnen durfte. Das ist in unserer Kleingartensparte eigentlich gar nicht erlaubt." Sein Lächeln bleibt aufgesetzt, doch in den Augen flackert ein winziger Triumph. Michi sagt nichts. Nicht, weil sie keine Antwort hätte – sondern weil der Garten hinter ihr leiser spricht als alles, was dieser Mann je verstehen wird.

Noch bevor Michi etwas sagen kann, redet der Nachbar weiter, mit dieser Art nervösem Eifer, bei dem jedes Wort ein wenig zu eilig die Lippen verlässt. „Also... ich bin ja ehrlich gesagt froh." Er stockt – nur für einen Sekundenbruchteil, merkt, wie das klingt, und beeilt sich mit der Korrektur. „Nicht, dass Ihr Großvater... also... natürlich mein Beileid, selbstverständlich. Ich meine nur – vielleicht kümmert sich ja jetzt jemand um den Garten. Er entspricht nämlich nicht... also, nicht ganz dem, was die Kleingartensatzung vorsieht." Er lächelt wieder, dünn und künstlich, wie die Farbe auf einem alten Gartenstuhl. „Ich habe das nie ganz verstanden, wissen Sie? Dass er eine Ausnahmege-nehmigung hatte. Dauerhaftes Wohnen ist hier ei-gentlich nicht erlaubt und schon gar nicht so ein wilder Garten. Nur weil er ein... fast berühmter Schriftsteller war?" Das „fast" betont er mit der Prä-zision eines Mannes, der es sich seit Jahren zu-rechtgelegt hat. Michi sieht ihn kurz an, sagt aber nichts. In ihrem Schweigen liegt kein Zorn – nur Müdigkeit. Und vielleicht ein Hauch von Verach-tung.

In Michi überschlagen sich die Gedanken. Der Nachbar – dieser selbsternannte Hüter der Ord-nung – sprüht sein kleines, jämmerliches Beamten-dasein aus jeder Pore. Dabei ist er nicht einmal Be-amter, nicht wirklich. Postzusteller. Aber weil sein Diensthemd ein Abzeichen trägt, glaubt er, er sei hier die Staatsmacht in der Kleingartenanlage. Es ist nicht ihr Großvater, den er verachtet. Es ist das, wofür er stand: für ein Leben jenseits der Vorschrif-ten, für Freiheit, für das Recht, unordentlich zu sein – im Garten, im Denken, im Herzen. Solche Menschen wie dieser Nachbar fürchten genau das. Nicht das Chaos, sondern das Unangepasste. Das Lebendige. Sie sind nicht böse – das wäre zu viel der Ehre. Sie sind banal. Und darin liegt ihre größte Gefahr. Michi sagt noch immer nichts. Sie weiß, es würde nichts ändern. Und vielleicht ist Schweigen in diesem Moment die einzige Form von Wider-stand.

Doch dann siegt der Trotz. Michi richtet sich in-nerlich auf, atmet einmal tief durch und schenkt dem Nachbarn ihr freundlichstes Lächeln – eines, das so viel Zähne zeigt, dass es fast schon beißt.

„Vielen Dank für Ihr Beileid", sagt sie mit übertriebener Höflichkeit. „Und ja, ich werde hier wohnen. Ich hatte es zwar eigentlich nicht vor… aber jetzt, wo ich sehe, wie viel Wert Sie auf die Einhaltung von Regeln legen, ist es mir fast schon ein Bedürfnis." Sie macht eine kleine Pause, nicht weil sie überlegen muss, sondern um ihm Raum zu geben, ihre Worte voll auszukosten.

„Und der Garten… der bleibt, wie er ist. Im Andenken an meinen berühmten Großvater."

Sie betont das Wort überdeutlich, lässt es fast wie einen Titel klingen. Dann fügt sie hinzu, als wäre es nur ein beiläufiger Gedanke: „Vielleicht bringe ich sogar eine kleine Gedenktafel an. Direkt am Apfelbaum. Für Besucher und Bewunderer."

Der Nachbar öffnet den Mund, schließt ihn wieder. Michi wendet sich ab und geht zur Haustür. Mit jedem Schritt fühlt sie sich leichter. Als hätte sie nicht nur das Gartentor geöffnet – sondern eine Geschichte betreten, die ihr Großvater für sie zurückgelassen hat.

Sie steckt den Schlüssel ins Schloss. Er lässt sich leicht drehen – nur einmal. Nicht zweimal, nicht dreimal. Nur einmal abgesperrt. Michi muss lächeln. Wenn das der Nachbar von der Post wüsste… Ein einziges Mal, und schon ist die Tür offen. Keine Sicherheit nach Vorschrift. Kein doppelt-verriegeltes Kleinbürgeridyll. Nur ein einfacher Riegel, dem das Leben vertraute.

Langsam drückt sie die Klinke herunter. Die Tür quietscht. Leicht. Alt. Wie eine Stimme aus einer anderen Zeit. Und Michi denkt bei sich: Ja!. Die Tür soll und muss quietschen. Ohne Quietschen kann ja jeder! Das wäre ja... normal. Sie tritt über die Schwelle. Und mit dem ersten Schritt ins Innere spürt sie: Hier beginnt etwas. Oder endet. Vielleicht beides.

Eine Weile bleibt Michi im Halbdunkel stehen. Ihre Augen gewöhnen sich langsam, doch ihre Nase erkennt sofort, was sich nicht verändert hat. Der vertraute Geruch liegt noch immer in der Luft – süßer Pfeifentabak, altes Papier, ein Hauch von Kaffee. Kaffee? Sie runzelt die Stirn. Das kann doch gar nicht sein. Der Duft von Kaffee verflüchtigt sich schnell. Zu schnell, um nach all der Zeit noch hier zu sein. Und doch ist er da – wie ein Flüstern, das sich in den Stoff der Gardinen eingenistet hat. Bevor sie diesen Gedanken zu Ende denken kann, klopft es an der Tür. Nicht laut. Nicht fordernd. Aber bestimmt. Michi seufzt leise. Schon wieder Gegenwart. Schon wieder ein Schnitt durch den Strom der Erinnerung. „Herein", ruft sie – leicht genervt. Nicht weil jemand da ist. Sondern weil sie gerade erst begonnen hatte, wieder hier zu sein.

Die Tür quietscht erneut – diesmal von außen – und öffnet sich einen Spalt breit. Ein grauer Wuschelkopf schiebt sich vorsichtig durch die Öffnung. „Hallo Michi?" Dörthe. Sie ist so alt wie Michis Großvater – oder besser: wie er wäre, wäre er nicht gestorben. Dörthe ist die einzige in der

Kleingartenanlage gewesen, mit der er wirklich gut auskam. Mit ihr war er auf Ostermärschen, auf Anti-AKW-Demos, bei Sitzblockaden und Lesungen, die mehr Protest waren als Literatur. Dörthe mochte den Garten, weil er eben nicht ordentlich war. Nicht wie die anderen, wo jeder Halm Befehl stand. Ihr eigener Garten musste Vorschriften entsprechen. Ihrer war genormt. Und sie durfte nicht dauerhaft hier wohnen. Nicht offiziell. Deshalb hatte sie oft bei Michis Großvater übernachtet. Und da es hier nur ein Bett gab... Michi muss lächeln bei dem Gedanken. Wie war das damals? Liebe, Sex und Freiheit? Vielleicht. Oder auch einfach nur Nähe. Wärme. Ein Mensch, der bleibt, wenn die Welt draußen wieder Ordnung spielen will.

Als hätte sie Michis Gedanken erraten, grinst Dörthe verschwörerisch. „Weißt du, dein Großvater war auch in diesem Bereich mit erstaunlich viel Fantasie gesegnet." Sie zwinkert. „Wir sind damals von einem Höhepunkt zum nächsten gewandert." „Frau Dörthe!", ruft Michi – halb verlegen, halb lachend. Dörthe lacht kehlig, betritt nun ganz den Bungalow und lässt die Tür hinter sich zufallen. Doch bevor sie sie schließt, dreht sie sich noch einmal nach draußen. Der Nachbar steht immer noch am Zaun, steif wie ein Grenzpfosten. „Jetzt", ruft Dörthe laut genug, dass er es ganz sicher hören kann, „werde ich Michi in die Geheimnisse der Liebe zwischen Frauen einweisen." Michi krümmt sich fast vor Lachen. Der Nachbar – bleich, mit offenem Mund – sagt nichts. Dörthe schließt die Tür.

Drinnen riecht es noch immer nach Kaffee. Und nach Vergangenheit, die nicht verstaubt ist – sondern lebendig wie ein Feuer, das noch nicht verlöscht.

„Hör auf mit dem ‚Frau Dörthe'", sagt sie und schüttelt leicht den Kopf. „Das macht mich ja uralt. Du bist doch längst keine Kleine mehr. Du bist eine Frau. Eine, die ihren Mann auf der Baustelle steht – und, wenn ich das richtig gehört habe, den großen Kran bedient wie kaum ein Mann." Michi lächelt verlegen, aber stolz. Dörthe tritt weiter ins Zimmer, ihre Bewegungen gemächlich, aber voller Präsenz. Sie schaut sich um – nicht neugierig im Sinne des Nachbarn, sondern mit ehrlichem Interesse. „Ich hab dich schon gesehen, wie du das Gartentor geöffnet hast. Und... na ja, ich geb's ja zu – ich bin auch neugierig. Was wird jetzt aus dem Bungalow? Und dem Garten? Wird er bleiben, wie er war? Oder wird alles glattgezogen, wie der Rest da draußen?" Ihre Stimme klingt nicht vorwurfsvoll, eher wie eine leise Bitte. Michi antwortet noch nicht. Sie sieht Dörthe an – diese alte Rebellin mit dem wilden Herzen – und weiß, dass hier nicht nur das Haus ihres Großvaters vor ihr steht. Sondern auch ein Stück ihrer selbst.

„Na gut", sagt Michi lächelnd. „Dann eben Dörthe. Und nicht Frau Dörthe – abgemacht." Sie reicht Dörthe die Hand, als sei sie ihr gerade erst vorgestellt worden – obwohl Dörthe sie schon kannte, als sie noch wacklig über die Gartenwiese tapste und in den Apfelbaum krabbeln wollte. Beide müssen lachen. Dann wird Michi ernst, aber nicht schwer. Eher entschlossen. „Ich hab eben mit dem Nachbarn gesprochen", sagt sie. „Also... mit dem ‚Herrn von der Post'." Dörthe verzieht das Gesicht wie jemand, der in eine Zitrone beißt. „Er hat wieder seine Paragraphen versprüht. Und ich glaube, das hat mir den letzten Schubs gegeben." Michi atmet durch. Ihre Stimme wird fester. „Ich werde nicht verkaufen. Ich wohne jetzt hier. Nutze das Sonderrecht meines Großvaters. Und der Garten bleibt, wie er ist. Verwildert. Frei. Wie er immer war." Sie blickt Dörthe an. „Das ist jetzt mein Zuhause." Dörthe nickt langsam. In ihren Augen glimmt ein Funkeln – vielleicht Stolz, vielleicht Dankbarkeit. Vielleicht beides.

Nach einer Weile, in der nur der alte Holzboden unter ihren Schritten knackt und der Staub im Sonnenlicht tanzt, sagt Dörthe leise: „Das ist nicht erst seit jetzt dein Zuhause. Das war es schon immer." Michi will etwas sagen, doch Dörthe hebt leicht die Hand – nicht um zu unterbrechen, sondern um den Moment zu halten. „Ich kann mich noch gut erinnern, wie du mit deinem kleinen Kinderfahrrad hier durch den Garten gedüst bist. Ganz in Rosa, mit flatternden Zöpfen und diesem entschlossenen Blick..." Sie lacht leise. „Wie Pippi Langstrumpf. Nur dass du kein Pferd hattest. Aber in deiner Vorstellung war das Fahrrad eins. Und du bist geritten, Michi. Nicht gefahren. Geritten." Michi lächelt still. Etwas rührt sich in ihr – nicht Schmerz, nicht Freude. Etwas Tieferes. Sie blickt durch das Fenster in den Garten. Es war immer da. Und sie war immer Teil davon.

Sie betreten den Wohnraum. Licht fällt schräg durch die halb geöffneten Vorhänge, wirft Muster auf den Boden, als wollte er Geschichten aus längst vergangenen Tagen erzählen. „Setz dich doch", sagt Michi, doch Dörthe winkt ab und geht hinüber zur kleinen Junggesellenküche. Michi musste lächeln. Diese „Küche" hatte sie schon immer fasziniert. Von außen, wenn die Türen geschlossen waren, sah sie aus wie ein gewöhnlicher Schrank. Unauffällig. Still. Doch wer sie öffnete, entdeckte ein kleines Wunder: Links ein schmales Spülbecken, rechts zwei Kochplatten. Darunter, hinter einer weiteren Tür, ein winziger Kühlschrank und ein dunkler Raum, in dem Putzmittel und andere Notwendigkeiten wohnten. Über dem Becken zwei Fächer – eines für Tassen und Gläser, das andere für Teller, Schüsseln, vielleicht ein einzelnes Weinglas mit abgeschliffenem Rand.

Nichts daran war modern. Aber alles daran war vollständig. Wie der Großvater selbst: kein Mann des Überflusses, aber jemand, der alles hatte, was er brauchte. Und mehr als das.

Dörthe öffnet den kleinen Küchenschrank, der doch eigentlich viel mehr ist als nur ein Schrank, und holt zwei Tassen hervor. Dann – fast feierlich – entkorkt sie die Thermosflasche, die sie seit ihrem Eintreffen ununterbrochen in der Hand gehalten hat, und gießt dampfenden Kaffee ein.

Sie reicht Michi eine der Tassen, nimmt die andere und lässt sich in dem gemütlichen Sessel nieder, der immer ein wenig zu tief war, aber genau deshalb so bequem. Michi setzt sich auf den Stuhl am Schreibtisch – dort, wo früher ihr Großvater saß, wenn er schrieb, las, träumte. Sie nimmt einen kräftigen Schluck – und prustet den Kaffee fast augenblicklich wieder aus. „Was zum...?" Dörthe lacht laut, herzlich, ungefiltert. „So hat Kurt ihn immer getrunken. Ein großer Schuss Wodka. Morgens, mittags, abends – der Kaffee musste brennen, hat er gesagt." Michi wischt sich die Tropfen vom Kinn, muss selbst lachen. „Na dann", sagt sie und hebt die Tasse, „auf Kurt." Dörthe hebt ihre Tasse ebenfalls. „Auf Kurt."

Nach einigen Minuten des Schweigens – beide versunken in ihre Gedanken, jeder mit ihrer eigenen Tasse in der Hand, als hielte sie mehr als nur Kaffee – fragt Michi plötzlich, fast flüsternd, als hätte sie selbst Angst vor der Frage: „Warum warst du eigentlich nicht auf der Beerdigung?" Dörthe blickt nicht sofort auf. Sie stellt die Tasse ab, sieht einen Moment auf das Muster im Teppich, als suchte sie darin nach einer Antwort. „Ich hatte einen Hexenschuss", sagt sie schließlich. Die Worte kommen zu schnell, zu glatt. Michi nickt langsam. Aber in ihr wächst ein leiser Zweifel – oder vielmehr: eine stille Gewissheit. Dörthe hatte keine Rückenschmerzen. Sie hatte Gewissensschmerzen. Denn sie wusste, dass Michis Vater sie nicht mochte. Nicht offen. Nicht laut. Aber spürbar. Er hatte es nie gezeigt, wenn Michi dabei war – denn er wusste, wie sehr sie nicht nur ihren Großvater liebte, sondern auch „Frau Dörthe". Und vielleicht war genau das der Grund, warum Dörthe nicht kam. Nicht um sich zu schützen. Sondern um Michi nicht zwischen die Fronten zu stellen. Michi sagt nichts weiter. Aber sie sieht Dörthe an – und in diesem Blick liegt Zweifel. Und eine Frage.

Dörthe versucht verzweifelt, Michis Blick standzuhalten. Erst lächelt sie – zu schnell, zu bemüht. Dann senkt sie die Augen und starrt in ihre Tasse, als könnte der dunkle Rest darin eine Antwort geben. Doch der Blick bricht etwas in ihr. Langsam, mit einer Stimme, die leiser wird, je mehr sie spricht, sagt sie: „Aber du darfst das nicht weiter erzählen, Michi, ja? Bitte." Michi nickt. Dörthe atmet einmal tief ein. „Dein Vater... der konnte mich nie leiden. Du weißt es wahrscheinlich. Oder du hast es gespürt." Ein Zucken geht über Michis Gesicht – nicht Zustimmung, nicht Überraschung. Nur ein leiser Schatten. „In deinem Vater steckt ein großes Stück von unserem Post-Nachbarn. Vielleicht nicht ganz so schlimm, aber... du weißt, was ich meine." Sie lehnt sich zurück, als müsse sie Kraft sammeln. „Er hat mir immer die Schuld daran gegeben, dass sein Vater – also Kurt – sich von seiner Mutter getrennt hat. Deiner Großmutter. Die war ja Staatsanwältin. Eine Frau der Ordnung. Der Vernunft. Der Karriere." Sie macht eine Pause. „Und dann kam ich. Mit meinen Transparenten, meinen Demos, meinem lauten Lachen. Und Kurt ist gegangen." Sie schaut Michi an. „Dass er später berühmt wurde, und dass es ihm finanziell nicht schlecht ging – das hat es vielleicht ein bisschen besser gemacht. Aber nur ein bisschen. In den Augen deines Vaters bin ich die, die alles kaputt gemacht hat." Dann, leise, fast entschuldigend: „Und ich wollte nicht, dass du dazwischen gerätst. Weißt du, trauernde Menschen... die sind nicht immer gerecht. Die fühlen mehr, als sie denken. Und ich war mir sicher, dass es laut geworden wäre. Richtig laut. Und das... das hättest du nicht verdient." Sie senkt den Blick. „Darum war ich nicht da. Nicht bei der Beerdigung."

Michi steht wortlos auf, geht zu Dörthe hinüber – und nimmt sie in den Arm. Kein dramatisches Umfassen, kein großes Zerfließen. Nur Wärme. Nur Nähe. Dörthe zögert einen Moment, dann legt sie den Kopf an Michis Schulter. Als sie sich lösen, glänzen ihre Augen. Mit brüchiger Stimme fragt sie: „Würdest du mir... erzählen, wie es war? Die Beerdigung?" Michi nickt. Auch in ihren Augen stehen Tränen. „Ja. Sehr gerne." Sie geht zurück zum Schreibtisch, setzt sich langsam. Legt die Hände auf die Tischplatte, als müsse sie sich sammeln – und beginnt leise zu erzählen.

Michi steht vor dem Eingang zum Friedhof. Schwarzer Rock, weiße Bluse, ein schwarzes Bolerojäckchen darüber. Und diese Lackschühchen. Schwarz, eng, glänzend – und so unbequem, dass jeder Schritt sich anfühlt wie eine Prüfung. Sie fühlt sich unwohl. Nicht nur, weil sie gleich Abschied nehmen muss von ihrem Großvater – dem Menschen, der ihr in all den Jahren am nächsten war. Sondern auch wegen dieser Kleidung. So etwas würde sie sonst nie tragen. Sie ist nicht das „Mädchen", als das man sie heute sehen will. Wenn sie jetzt ein Kollege von der Baustelle sehen würde... Der Spott wäre ihr sicher. Wochenlang. Alles, was sie sich in zwei Jahren aufgebaut hat – Respekt, Zugehörigkeit, Gleichrang – wäre dahin. Ein Rock reicht oft, um alles einstürzen zu lassen. Und trotzdem steht sie so hier. Weil ihr Vater sie darum gebeten hat. Weil manche Dinge größer sind als Trotz. Aber in ihrem Innersten hört sie eine Stimme – warm, verschmitzt, sanft rebellisch. Lass sie reden, Michi. Wir wissen's besser. Es ist Dörthes Stimme. Und für einen Moment steht Michi ein wenig aufrechter.

Die innere Stimme, die Michi eben noch aufgerichtet hatte, verstummte jäh – verdrängt von einer anderen. „Guten Morgen, Michi", sagte ihr Vater. Seine Stimme war neutral. Ruhig. Fast geschäftsmäßig. Michi zuckte kaum merklich zusammen. „Was genau soll an diesem Morgen gut sein?", fragte sie, ohne ihn anzusehen. Ein kurzes Räuspern. Die Mutter. Bevor der Vater etwas erwidern konnte, wandte sich Michi ihr zu, trat einen Schritt vor und nahm sie in die Arme. Die Umarmung war still, aber ehrlich. Dann erst wandte sie sich dem Vater zu, reichte ihm die Hand. „Guten Morgen", sagte sie. Nicht warm. Nicht kalt. Nur korrekt. Er erwiderte den Händedruck – vielleicht einen Moment zu lang, vielleicht zu fest. Aber da war schon das nächste Schweigen zwischen ihnen.

Ihr Vater trug einen schwarzen Anzug, darüber einen leichten, makellos sitzenden Sommermantel. Auf dem Kopf ein schwarzer Hut, im Gesicht eine Sonnenbrille – obwohl der Himmel bedeckt war, von einem Hochnebel, der das Licht dämpfte und hinter dessen Grau die Sonne sich versteckte. Er war 110% korrekt. Wie immer. Mit den Bügelfalten seiner Hose hätte man Beton schneiden können. Neben ihm stand Michis Mutter – ein älteres Ebenbild ihrer Tochter. Dieselbe Haltung, dieselbe Stirn, dieselben Augen, nur müder. Man sah ihr an, dass auch sie in ihren Schuhen litt. Und dass sie schwieg, weil das in solchen Momenten von ihr erwartet wurde. Nach einem kurzen Blick auf die Uhr sagte der Vater: „Wir sollten gehen." Nicht zu spät. Nicht zu früh. Perfektes Timing. Er setzte sich in Bewegung, die Mutter hinter ihm, wie ein Schatten, den man vergessen hatte. Michi folgte. Langsam. Nicht, weil sie trödelte – sondern weil es ihr einziger stiller Protest war.

Vor der kleinen Trauerkapelle hatten sich bereits gut ein Dutzend Menschen versammelt. Michi ließ den Blick über die Gruppe schweifen, suchte nach dem einzigen Menschen, der ihr in diesem Moment wirklichen Halt geben konnte. Aber „Frau Dörthe" war nicht da. Noch nicht. Die meisten Gesichter waren ihr fremd. Bekannte ihres Vaters, Kollegen vielleicht, entfernte Verwandte. Und zwei Reporter.

Michi blinzelte. Sie war sicher, dass der Termin vertraulich behandelt worden war. Kurz wunderte sie sich, dass ihr Vater nicht sofort losging, um sie zu beschimpfen, wie sie es von ihm erwartet hätte. Doch er sagte kein Wort. Tat auch sonst nichts, was auf Wut oder Erregung hindeutete. Stattdessen trat er einen Schritt zur Seite, nahm sein Handy aus der Manteltasche und sprach ruhig mit der Polizei. Keine drei Minuten später erschien ein Streifenwagen. Zwei Beamte stiegen aus, nahmen die Reporter beiseite, sprachen leise mit ihnen – und führten sie schließlich vom Friedhofsgelände. Platzverweis. Michi sah ihrem Vater nach. Vielleicht hatte der Tod seines Vaters ihn doch berührt. Vielleicht. Aber wenn ja, dann tief verborgen, hinter schwarzem Stoff und spiegelnden Gläsern.

Dann gingen alle in die Kapelle. Wie erwartet, wie geplant – 110% korrekt. Zuerst ihr Vater, in gebügeltem Schwarz. Dann ihre Mutter, stumm an seiner Seite. Michi folgte ein paar Schritte dahinter. Hinter ihr der Rest der sogenannten Trauergemeinde – leise, ordentlich, funktional. Nur „Frau Dörthe" fehlte. Michi spürte, wie sich ein flüchtiger Gedanke in ihr festsetzte – erst klein, dann drängender: Sie wird nicht kommen. Niemand sprach. Man hörte nur die Schritte auf dem Steinboden, das Rascheln von Stoff, ab und zu ein Räuspern – gezügelt, abgewogen, fast wie Teil einer Choreografie. Die Welt hielt den Atem an. Und Michi fühlte sich, als wäre sie eine Statistin im falschen Stück.

Die kleine Kapelle war eigentlich recht hübsch. An gewöhnlichen Tagen verliehen ihr die bunten Fenster eine stille Würde – eine, die sich schwer in Worte fassen ließ. Michi kannte diesen Ort. Nicht nur von außen. Sie kam oft auf diesen Friedhof, wenn ihr alles zu laut wurde. Hier konnte ihre Seele atmen. Hier war Stille nicht leer, sondern voll. Einmal hatte sie beim Spazieren einen Mann gesehen, der mit schwarzer Hose, schwerer Lederjacke und einer Kamera über den Friedhof ging. Er prüfte die Winkel, das Licht, die Schatten. Er hatte getestet, ob sich die Tür zur Kapelle öffnen ließ. Michi hatte ihn beobachtet – aus einer gewissen Entfernung, neugierig, aber nicht misstrauisch. Als sich die Tür tatsächlich öffnete, schien der Mann selbst überrascht. Er trat ein. Und Michi, getrieben von einem inneren Echo, war ihm gefolgt – nicht hinein, aber bis zur Schwelle. Sie hatte gesehen, wie er seine Mütze abnahm, still wurde, die Kamera hob – und das Innere der Kapelle fotografierte. Nicht schnell. Nicht flüchtig. Fast ehrfürchtig.

Doch von jener stillen Schönheit, die Michi in Erinnerung hatte, war nicht mehr viel übrig. Zwei der vier farbigen Fenster waren mit schwerem, schwarzem Stoff verhängt – als wolle man das Licht selbst zur Ordnung rufen. Durch die beiden verbliebenen Fenster fiel kein buntes Leuchten. Natürlich nicht. Die Sonne hatte sich hinter dem dichten Grau des Hochnebels verkrochen. Im vorderen Teil der Kapelle stand der Sarg – schwarz, kantig, schwer. Ein Klotz. Er enthielt, was von ihrem Großvater blieb.

Links daneben das Rednerpult, an dem bald der Pfarrer sprechen würde. Rechts vom Sarg: weiße Rosen. Keine Sträuße, keine Kränze. Einzeln. In einer Reihe. Wie beim Morgenappell auf dem Kasernenhof. Michi saß neben ihrer Mutter, spürte deren angespannte Hände im Schoß. Hinter ihr: die fremden Gesichter. Und zwischen all dem: eine Stille, die nicht tröstete, sondern zu Boden drückte.

Dann trat der Pfarrer vor das Rednerpult und begann mit seiner Rede. Seine Stimme war ruhig, getragen, professionell. Und doch spürte Michi schon nach wenigen Sätzen: Er sprach von einem Menschen, den sie nicht kannte. Er sprach von Pflichterfüllung, von Ordnung, von einem Mann, der bei der Kriminalpolizei gearbeitet hatte – gewissenhaft, unauffällig, zuverlässig. Er sprach nicht von dem Großvater, der ihr Geschichten am Küchentisch erzählte, der im Apfelbaum saß, Pfeife rauchte und vom Leben träumte. Nicht von dem, der das Schreiben liebte, der die Ordnung verlassen hatte, um endlich er selbst zu sein. Nach einigen Momenten begriff Michi, warum. Der Pfarrer wusste es nicht besser. Er hatte nur die Informationen, die ihr Vater ihm gegeben hatte. Und die stammten aus einer Zeit, die für Michi nichts bedeutete – einer Zeit, die der Mensch, den sie geliebt hatte, längst hinter sich gelassen hatte. Ihr Großvater wurde beerdigt, aber es war nicht ihr Großvater, von dem man sprach. Nur ein Schatten. Ein Dienstgrad. Ein Leben in Klammern.

Doch dann geschah etwas, das die Korrektheit der Szene durchbrach. Etwas, das nicht vorgesehen war. Etwas, das genau ihm entsprochen hätte. Zwei Spatzen waren offenbar mit den Menschen in die Kapelle gelangt, als sich die Türen geöffnet hatten. Jetzt saßen sie auf dem Sarg. Still. Einfach da. Wie zwei kleine Wächter. Niemand sagte etwas, niemand wagte es, laut zu werden – aber Michi spürte, wie sich die Spannung veränderte. Für sie war es ein Moment von seltener Schönheit. Still, aber voller Bedeutung. Das hätte ihm gefallen, dachte sie. Das wäre genau sein Humor gewesen. Am Zucken neben ihr erkannte sie, dass ihre Mutter das anders empfand. Ein kurzer, irritierter Ruck – als hätte jemand eine Regel verletzt. Und ihr Vater? Ein Blick genügte. Das Zucken in seinem Mundwinkel verriet, dass er den Impuls, aufzustehen und die Vögel zu verscheuchen, nur mit Mühe unterdrückte. Aber dann sah Michi etwas, das sie erstaunte. Unter der dunklen Brille, dort wo eigentlich nichts sichtbar sein sollte, glitt eine einzelne Träne hinab – folgte der Schwerkraft, unaufhaltsam. Kein Wimmern. Kein Laut. Nur dieser Tropfen. Und für einen kurzen, kostbaren Moment wusste Michi: Auch er hatte ihn geliebt. Auf seine Weise.

Wie auf ein geheimes Zeichen hin flatterten die beiden Spatzen vom Sarg auf – ein kurzes Rascheln, dann waren sie verschwunden, irgendwo ins Halbdunkel des hinteren Kapellenraums. Die Ordnung war wiederhergestellt. Die Rede des Pfarrers endete, ohne dass Michi sagen konnte, was er in den letzten

Minuten eigentlich gesagt hatte. Sie hatte nicht mehr hingehört. Sie hatte die Spatzen beobachtet. Dann kamen die Sargträger. Vier Männer in Schwarz, ernste Gesichter, festgelegte Schritte. Sie hoben den Sarg an und trugen ihn mit ritueller Präzision durch die Kapelle nach draußen. Die Menschen folgten. Wieder in korrekter Reihenfolge. Zuerst der Pfarrer, dann ihr Vater und ihre Mutter, dann Michi – und schließlich der Rest. Langsam, lautlos, wie in Zeitlupe. Michi fragte sich, ob es für diese Beerdigung eine Generalprobe gegeben hatte. So perfekt, so durchchoreografiert, dass selbst der Tod sich an die Abläufe zu halten schien.

Am offenen Grab sprach ihr Vater noch ein paar Worte. Eingeübt. Zurechtgelegt. Kein einziges davon war zufällig. Kein Satz zu lang, keiner zu kurz. Selbst der Tonfall wirkte, als sei er vorab geprobt worden. Michi hörte zu, ohne wirklich zu hören. Sie wusste, was er sagen würde, noch bevor er es sagte. Doch dann geschah etwas, das diesen Moment still veränderte. Etwas, das wohl nur sie bemerkte. Hinter ihrem Vater, den Blick fest auf den Sarg gerichtet, ging eine Katze den schmalen Weg entlang. Schwarzweiß. Und „gehen" war eigentlich das falsche Wort. Sie schritt. Setzte eine Pfote vor die andere, mit der anmutigen Selbstverständlichkeit eines Modells auf dem Laufsteg. Nicht hastig. Nicht ängstlich. Einfach da. Ihr Großvater hatte Katzen geliebt. Er hätte gerne eine gehabt – aber die Allergie machte es unmöglich. Und jetzt, dachte Michi, jetzt kam eine. Ganz selbstverständlich. Wie eine stille Abordnung der Tiere, die er bewundert hatte. Und für einen Moment glaubte Michi, dass auch er sie sehen würde. Und lächeln.

Dann wurde der Sarg in die Erde hinabgelassen. Langsam. Gleichmäßig. Kein Geräusch außer dem leisen Klirren der Seile. Die Anwesenden traten, natürlich in perfekter Reihenfolge, an den Rand des Grabes, verneigten sich, verharrten kurz – wie vorgeschrieben. Michi trat vor. Sie sah hinab auf den dunklen Kasten. Und für einen flüchtigen Moment wünschte sie sich, sich einfach dazuzulegen. Hinabzusteigen zu ihm. Nicht aus Verzweiflung. Sondern aus Sehnsucht. Um einfach für immer bei ihm zu sein. Dann kamen die anderen. Menschen, die sie nicht kannte. Menschen, von denen sie sicher war, dass sie ihn nie gekannt hatten. Sie traten nacheinander an sie heran – erst zu ihrem Vater, dann zu ihrer Mutter, dann zu ihr. Gaben die Hand. Murmelten Worte, Phrasen, Floskeln. Michi hörte nicht hin. Sie sagte immer nur: „Danke." Noch einmal. Und noch einmal. Ein leises Mantra im Nebel aus Stimmen, Blicken, Abstand. Bis alle vorbei gegangen waren.

Gegenüber vom Friedhof, in dem kleinen Café mit den altmodischen Gardinen und dem zu sauberen Linoleumboden, fand der sogenannte Leichenschmaus statt. Kaffee. Kuchen. Michi wusste, dass es bei solchen Gelegenheiten oft anders zuging. Sie hatte von anderen gehört, dass gelacht wurde, dass man sich alte Geschichten erzählte – die lustigen, die liebevollen, die schrägen. Dass es fast fröhlich war. Aber heute nicht. Hier nicht. Nur leises Murmeln. Das Klirren von Kuchengabeln auf Porzellan. Das Schlürfen von Kaffee. Und ihr Vater? Er saß still da. Starr. Nicht trauernd, nicht wütend – einfach leer. Michi langweilte sich. Nicht, weil ihr das Thema unwichtig war, sondern weil nichts gesagt wurde, das Bedeutung hatte. Und immer wieder dachte sie nur an eins: Warum war „Frau Dörthe" nicht hier? Sie war die, die in den letzten zwei Jahrzehnten die engste Vertraute ihres Großvaters gewesen war. Die mit ihm auf Demos gegangen war, die mit ihm getrunken, gestritten, gelacht hatte. Zwei Seelen im Gleichklang. Ein anderes Leben, abseits des offiziellen. Ein echtes. Warum also war sie nicht hier?

Die ganze Zeit, während Michi von der Beerdigung erzählt hatte, hatte Dörthe still dagesessen. Nicht genickt. Nicht kommentiert. Einfach nur zugehört. Wie jemand, der ein Gedicht hört, das zu spät geschrieben wurde. Als Michi endete, fiel eine Stille über den Raum – schwer, aber nicht unangenehm. Dörthe sah auf ihre Tasse, dann zu Michi. Und dann sagte sie – leise, brüchig, aber ohne Ausflucht: „Es war ein Fehler. Ein großer Fehler." Sie atmete ein. „Ich habe es eben erst wirklich verstanden. Ich hätte kommen müssen. Nicht wegen ihm. Nicht wegen mir. Wegen dir." Ihre Stimme zitterte kaum merklich. „Du hättest meine Wärme gebraucht. Meine Hand. Ein Lächeln vielleicht. Irgendetwas Echtes inmitten all dieser Korrektheit." Sie legte ihre Hand auf den Tisch, öffnete sie. „Es tut mir leid, Michi. Und auch dir, Kurt. Ich hab's falsch gemacht."

Michi legte ihre Hand in die von Dörthe. Sie drückte sie sanft, fest – ohne viele Worte. „Du musst dich nicht entschuldigen", sagte sie leise. „Du hast nur das getan, was du immer getan hast. Das, was du für richtig hieltest." Doch noch bevor sie den Satz beenden konnte, hob Dörthe leicht die freie Hand. „Nein", sagte sie bestimmt. Nicht hart, aber klar. „Nicht immer ist das, was man für richtig hält, auch das Richtige." Sie sah Michi direkt an. Ihre Augen waren wach, ehrlich, ein wenig müde vielleicht, aber voller Licht. „Ich habe in meinem Leben viele Fehler gemacht. Große, kleine, wiederholte." Sie hielt inne, als suche sie nach der richtigen Schwere für das, was sie sagen wollte. „Es ist wichtig, das zu erkennen. Und es zuzugeben. Auch wenn's wehtut." Dann lächelte sie – ein müdes, warmes Lächeln. „Vielleicht vor allem dann."

Um die Schwere ein wenig abzuschütteln, beugte sich Michi plötzlich nach vorn und begann, auf dem Schreibtisch und in den Schubladen zu kramen. „Mal sehen, woran er zuletzt geschrieben hat", sagte sie mit einem Anflug von Neugier in der Stimme. „Er hat ja ein riesiges Geheimnis daraus gemacht." Dörthe grinste, stand auf und kam dazu. „Wenn das kein Mythos war", murmelte sie, „sondern wirklich etwas da ist." Beide durchforsteten Papierstapel, Notizbücher, lose Blätter – aber kein Manuskript tauchte auf. Als wäre es nie da gewesen. Dann, fast gleichzeitig, hielten sie inne. Die vierte Schublade. Verschlossen. Michi runzelte die Stirn. „Die hat er doch sonst nie abgeschlossen..." Sie schauten sich an – fragend, halb belustigt. Dann hellte sich Dörthes Gesicht auf. „Warte", sagte sie. „Ich glaub, ich weiß, wo der Schlüssel ist." Sie ging zur kleinen Junggesellenküche, zog mit geübter Bewegung die Besteckschublade auf – und da lag er. Ein kleiner, unscheinbarer Schlüssel. Wie ein zufälliger Fund. Und doch genau am richtigen Ort. Dörthe hielt ihn hoch wie ein altes Geheimnis, das endlich gelüftet werden will. Gemeinsam traten sie zur Schublade zurück. Michi steckte den Schlüssel ins Schloss. Ein leises Klicken. Die Schublade öffnete sich.

Wieder Staunen. Doch diesmal ein anderes. In der vierten Schublade herrschte kein Durcheinander, kein kreatives Chaos, wie Kurt es so gerne nannte. Nichts lag kreuz und quer. Kein Stift, kein zerknicktes Notizblatt, kein Tabakkrümel. Nur ein einziger Gegenstand: ein blauer Schnellhefter. Sorgfältig abgelegt. Geradeaus. Als hätte jemand mit Lineal und Absicht gearbeitet. Es wirkte nicht wie die Schublade des Schriftstellers Kurt Herrmann. Es wirkte wie die Schublade des Kriminalbeamten Kurt Herrmann. Michi beugte sich vor, nahm den Hefter vorsichtig heraus. Vorne, auf dem Deckel, stand in Kurts Handschrift: „Der letzte Fall" Sie drehte sich langsam zu Dörthe, hielt ihr den Hefter hin, als wolle sie wissen, ob sie das auch sah.

Dörthe nickte. Langsam. Bedächtig. Ein stilles Zeichen: Mach weiter.

Michi schlug den Hefter auf und begann zu lesen. Langsam zuerst, dann schneller. Ihre Augen glitten über die Zeilen, ihre Lippen bewegten sich leise, als würde sie stumm vorlesen – für sich selbst, für die Geister im Raum, für niemanden. Dörthe hatte währenddessen die beiden leeren Tassen genommen und sich an der kleinen Junggesellenküche zu schaffen gemacht. Wasserkocher. Kaffeepulver. Zwei Löffel. Routinen, die halfen, das Leben bei der Hand zu halten. Sie hörte das leise Klicken des Deckels, das Summen des Wassers, das metallische Kratzen des Löffels im Porzellan. Und erst, als sie sich umdrehte, fiel ihr auf, wie still es geworden war. Zu still. Sie blickte über ihre Schulter – und erschrak. Michi saß noch immer am Schreibtisch, den Hefter vor sich, aber ihr Gesicht war blass geworden. Fast fahl. Ihre Lippen bewegten sich lautlos, als würde sie versuchen, Worte zu sagen, die keine Stimme finden. Etwas in ihrem Blick war entrückt. Tiefer als Erinnerung. Näher als Gegenwart.

Besorgt trat Dörthe zu Michi. Sie sah die Blässe in ihrem Gesicht, die starre Haltung, das leichte Zittern der Schultern. Vorsichtig legte sie eine Hand auf Michis Schulter. „Michi? Was steht da drin?" Ihre Stimme war sanft. Nicht drängend. Nicht neugierig im eigentlichen Sinne. Sie fragte nicht, weil sie es wissen musste, sondern weil sie fühlte, dass etwas nicht stimmte. Michi antwortete nicht sofort. Ihre Augen hafteten noch an der letzten Zeile. Dann schloss sie langsam den Hefter, reichte ihn Dörthe mit beiden Händen. „Lies es selbst", sagte sie leise. Mehr nicht. Aber in ihrem Ton lag etwas, das Dörthe nur selten in Michis Stimme gehört hatte: Furcht.

Dörthe begann zu lesen. Seite um Seite. Absatz um Absatz. Und mit jeder Zeile wich auch aus ihrem Gesicht die Farbe. Zuerst war da nur Erstaunen. Dann Verstörung. Dann etwas, das an Ehrfurcht grenzte. Denn was sie da las, war exakt das, was Michi ihr soeben erzählt hatte. Nicht nur grob. Nicht ungefähr. Wort für Wort. Bewegung für Bewegung. Die beiden Spatzen auf dem Sarg. Die Katze am Grab. Selbst das Murmeln beim Leichenschmaus. Und – am unfassbarsten – Michis Gedanken. Ihre Zweifel. Ihre Wut. Ihre Müdigkeit. Kurt hatte seine eigene Beerdigung geschrieben. Nicht als Fiktion. Nicht als Rückblick. Sondern so, als wäre er selbst dabei gewesen. Nicht als Toter. Sondern als stiller Beobachter unter den Lebenden. Ein Gast auf seinem eigenen Abschied. Dörthe schlug die letzte Seite um, ihre Hände zitterten leicht. Sie sah zu Michi hinüber. Beide wussten: Das war nicht mehr nur ein Text. Das war etwas anderes. Etwas, das keiner von ihnen verstand.

ZWEI

Man konnte ihr Alter nicht benennen, nicht einmal erahnen – als hätte die Zeit selbst an ihr vor-
beigesehen. Susanne hatte eine Haut, so glatt wie

das Porzellan alter Puppen, und Augen, in denen das Licht vergangener Leben flackerte. Wer es wagte, länger hinzusehen, konnte darin Abschiede entdecken, leise Trauer, stille Güte. Ihre Gestalt war von jener schlichten Harmonie, die weder nach Aufmerksamkeit suchte noch sie zu vermeiden schien – als hätte der Körper nur eine beiläufige Rolle in ihrem Dasein. Erotisch war sie nicht, nicht weil es ihr an Schönheit mangelte, sondern weil sie etwas ausstrahlte, das jenseits davon lag. Ihr langes, kupferrotes Haar trug sie zu einem strengen Pferdeschwanz gebunden, der ihrer Erscheinung etwas Gerades verlieh, etwas Geordnetes – wie eine Linie in einem vergessenen Gedicht.

Ihre Hände waren schmal, beinahe zerbrechlich – doch wer genauer hinsah, erkannte die Spuren der Arbeit darin: feine Linien, wie gezeichnet vom Leben selbst. Sie wussten, wie man zupackte, und doch war in jeder Bewegung ein sanftes Versprechen von Zärtlichkeit. Mit diesen Händen band Susanne Kränze, flocht Blüten zu stummen Botschaften, die niemand laut vorlas. Ihr Laden lag direkt neben dem Friedhof, als wäre er dessen Vorzimmer, ein Ort zwischen Abschied und Erinnerung. Er war schlicht, beinahe unscheinbar – doch die Farben der Blumen verliehen ihm eine stille Erhabenheit. Es roch nach Erde, nach Tau und nach jener Hoffnung, die sich nur zeigt, wenn alles andere bereits gegangen ist.

In Susannes Laden schien immer die Sonne – selbst dann, wenn draußen der Himmel grau war

wie Asche. Es war nicht das Licht selbst, das
strahlte, sondern die Blüten: Rosen, Lilien, Nelken
– sie leuchteten, als hätten sie das Versprechen des
Sommers in sich bewahrt. An einem Tag wie heute,
wo der Hochnebel die Welt in farblose Gleichgültig-
keit tauchte, wirkten sie wie kleine Wunder gegen
das schattenlose, müde Licht. Susanne stand am
Arbeitstisch und band einen Kranz für eine Beerdigung. Ihre Bewegungen waren ruhig, fast meditativ.
Da öffnete sich die Tür, und eine junge Frau trat
ein. Man sah ihr an, dass sie sich in ihren mäd-
chenhaften Lackschuhen nicht wohlfühlte – als wären sie für einen anderen Tag gemacht, für ein anderes Leben. Sie trug einen schwarzen Rock, eine
weiße Bluse und ein schwarzes Bolerojäckchen,
das ihre Schultern zierlich wirken ließ. Ihre Trau-
rigkeit war nicht auffällig, aber greifbar – wie ein
Schatten, der ihr vorausging. Viele Menschen, die
Susannes Laden betraten, trugen diesen Schatten
mit sich. Der Laden lag gleich neben dem Friedhof,
und wer hier Blumen kaufte, tat dies selten aus
Freude.

Die junge Frau streifte langsam durch den Laden, als suche sie nicht nur nach einer Blume, sondern nach einem Zeichen. Schließlich blieb ihr
Blick an einer einzelnen Rose hängen – ihre Blüte
war ein Feuerwerk aus Farben: tiefes Rot im Innersten, das in warmes Orange und schließlich in ein
leuchtendes Gelb überging. Etwas an ihr schien zu
leben, als würde sie noch flüstern können. Die
junge Frau deutete auf sie. „Darf ich diese Rose

kaufen?" fragte sie leise. Susanne sah kurz auf. Nur ein Wimpernschlag, und doch lag in ihrem Blick ein stilles Urteil. Dann schüttelte sie den Kopf. „Nein", sagte sie ruhig. „Diese Blume ist nicht für Sie. Und ehe Sie sich eine andere aussuchen – lassen Sie es bitte. Sie werden heute keine Blume von mir bekommen." Ein Moment lang stand Stille zwischen den beiden Frauen. Die junge Frau wirkte verwundert, beinahe verletzt, doch sie sagte nichts. Ihre Enttäuschung war still, wie vieles an ihr. Dann wandte sie sich ab, öffnete die Tür und trat hinaus in den farblosen Tag. Kaum hatte sich die Tür hinter ihr geschlossen, da öffnete sie sich erneut. Ein alter Mann trat ein, gebeugt, aber mit einem Blick, in dem noch Glut war.

Man sah es ihm auf den ersten Blick an: Dieser Mann trug das Leben wie ein altes, schweres Buch mit sich – abgegriffen vom Blättern, aber voller Geschichten. Seine Kordhose war abgewetzt, die Jacke ebenfalls, doch beides mit Würde getragen. Der dunkelbraune Hut saß fest auf seinem Kopf, als wolle er ihn vor mehr schützen als nur dem Regen. Schweigend trat er an eine der Vasen, zog eine einzelne Nelke heraus – zartrosa, beinahe scheu in ihrer Schönheit – und reichte sie Susanne. Sie nahm die Blume mit leiser Geste entgegen, wickelte sie in schlichtes Papier. Ihr Blick war freundlich, und als sie ihm das Wechselgeld in die gefalteten Hände legte, lag darin eine Güte, die über das Heute hinausreichte. Der alte Mann nickte leicht, fast wie zum Abschied, und verließ den Laden mit jener

Stille, die nur jene umgibt, die wissen, dass sie bald nicht mehr zurückkehren werden. Susanne sah ihm nach, ohne etwas zu sagen. Nur ihr Lächeln blieb noch einen Moment im Raum zurück – wie ein Licht, das langsam erlischt.

Nur wenige Tage später senkte sich eine stille Zeremonie über den Friedhof. Die Welt schien den Atem anzuhalten, als wolle sie den Abschied nicht stören. Die Menschen sprachen leise, trugen dunkle Mäntel und blasse Gesichter, und zwischen den Grabreihen erhob sich der weiße Baldachin des Trauergottesdienstes wie ein Segel, das nie mehr in See stechen würde. Neben dem Sarg stand ein gerahmtes Foto – ein Gesicht, vertraut wie ein Echo. Wer vor wenigen Tagen im Blumenladen gewesen wäre, hätte ihn sofort erkannt: den alten Mann mit dem braunen Hut, der die Nelke gezogen hatte, ruhig, würdevoll, ohne Hast. Jetzt war er nur noch ein Bild, eine Erinnerung zwischen Erde und Himmel. Susanne stand nicht dort, wo die Trauergäste weinten. Sie war in ihrem Laden, vielleicht am Binden eines neuen Kranzes, vielleicht in Gedanken bei jenem kurzen Moment, in dem sich zwei Leben für einen Augenblick still berührt hatten – durch eine Blume, durch ein Lächeln, durch das Wissen, das sie allein trug.

Es kamen nicht viele Menschen in Susannes Laden. Und das, obwohl er einer der schönsten Orte war, die man sich vorstellen konnte: Die Blumen darin schienen das Sonnenlicht eingefangen zu haben, und als wollten sie es nicht für sich behalten, gaben sie es in zarten Strahlen wieder frei. Es war ein stilles Leuchten, ein Glimmen von Leben. Und doch – da war etwas. Etwas, das sich nicht benennen ließ. Der Laden hatte eine Aura, kaum spürbar, aber unübersehbar. Sie war nicht kalt, nicht bedrohlich, keineswegs finster – und doch schien sie manche Menschen sanft zurückzuhalten, wie eine Hand auf der Schulter, die sagt: Nicht heute. Nicht du. Vielleicht war es das Wissen, das zwischen den Blüten lag. Vielleicht war es die Nähe zum Abschied, der sich hier nicht versteckte. Susanne wusste darum. Sie spürte es seit jeher. Doch es störte sie nicht. Sie hatte ihren Platz gefunden – in diesem Laden, der kein gewöhnlicher war. Und ihre Aufgabe war nicht die des Verkaufens. Sie war die des Wartens. Und des Gebens – an jene, für die die Zeit gekommen war.

Es war, als ginge das schon eine Ewigkeit so – wie ein Rhythmus, den nur sie hören konnte. Susanne verkaufte ihre Blumen nicht an jeden. Viele, die den Laden betraten, verließen ihn mit leeren Händen, begleitet nur vom Duft der Blüten und einem Gefühl, das sie nicht deuten konnten. Natürlich konnte man bei ihr Kränze bestellen, Sträuße für Beerdigungen, Gestecke für Gräber. Sie lieferte sie pünktlich und mit Sorgfalt. Doch wenn jemand kam und selbst eine Blume aus ihrer Hand wollte – dann lag die Entscheidung allein bei Susanne. Sie sah hin, sie wartete einen Moment, sie spürte etwas, das anderen verborgen blieb. Und dann nickte sie – oder nicht. Niemand stellte

Fragen. Vielleicht, weil es sich falsch angefühlt hätte, zu widersprechen. Vielleicht, weil irgendwo tief in ihnen die Ahnung wuchs, dass in diesem Laden etwas anderes geschah als nur der Verkauf von Blumen.

Würde jemand diesen Laden über längere Zeit hinweg beobachten – mit stillem Blick, mit Geduld, mit dem feinen Sinn für das, was zwischen den Dingen geschieht – so könnte er das Geheimnis lüften, das sich unter Rosen und Nelken verbirgt. Denn es gibt ein Muster. Es ist nicht laut, nicht auffällig. Aber es ist da. Jeder Mensch, der eine Blume direkt aus Susannes Hand empfängt – nicht bestellt, nicht geliefert, sondern persönlich entgegengenommen –, jeder von ihnen kehrt bald zurück. Nicht in den Laden, sondern an den Ort nebenan. Auf das kleine, von einer Mauer umfasste Areal mit der schlichten Kapelle, das man vom Fenster aus sehen kann. Dort, zwischen alten Bäumen und frischen Gräbern, findet sich für jeden von ihnen ein Platz. Ein Stück Erde, ein Name, ein Datum. Und irgendwo dazwischen, vielleicht noch im Wind, der Hauch eines Duftes – von jener Blume, die zuletzt in ihren Händen lag.

Niemand wusste mehr, wie lange es diesen Laden schon gab. Er stand einfach da – wie ein Baum, der älter ist als alle Straßen, die ihn umgeben. Und immer war er in den Händen einer Frau. Immer war es die Tochter, die das Erbe der Mutter übernahm. Nie ein Sohn. Nie ein Fremder. So war es auch bei Susanne. Sie hatte den Laden übernommen, als sie noch jung war – oder vielleicht war sie es nie ganz gewesen. Ihre Mutter hatte ihn geführt, davor deren Mutter, und so weiter, zurück in eine Zeit, die niemand mehr benennen konnte. Eine Zeit, die eher gefühlt als erinnert wurde. Nur die Frauen der Familie wussten, warum es so war. Sie wussten um die Aufgabe. Sie wussten um den Ursprung – oder kannten zumindest seinen Namen. Doch sie sprachen nicht darüber. Nicht mit Kunden, nicht mit Nachbarn. Nicht einmal untereinander. Es war ein Wissen, das man nicht in Worten weitergab, sondern in Blicken, in Gesten, in der Art, wie man eine Blume hielt, ehe man sie reichte.

Susanne erfüllte ihre Aufgabe seit langer Zeit. Wie lange genau, wusste sie selbst nicht mehr. Die Jahre zogen an ihr vorbei wie Vögel über graue Felder – einer nach dem anderen, mit leisem Flügelschlag. Die Frauen in ihrer Familie wurden alt. Nicht unsterblich – aber alt, sehr alt. Als schenke ihnen die Zeit selbst einen Aufschub, damit sie ihre Pflicht bis zum Ende erfüllen konnten. Doch es gab Tage, an denen selbst die Ewigkeit schwieg. Zeiten, in denen der Tod schneller war als der Verstand, und Susannes Hände nicht ruhten. Zweimal hatte sie das erlebt. Beim ersten Mal war sie noch jung, kaum älter als die Männer, denen sie die Blumen reichte. Sie kamen mit glänzenden Augen und festen Schritten, dem Ruf des Kaisers folgend. Sie glaubten an Ehre, an Pflicht, an Vaterland. Und sie trugen Blüten in ihren Händen, als wären es Orden. Wenige von ihnen kehrten je zurück. Beim zweiten

Mal war sie nicht mehr jung. Aber wieder standen sie vor ihr – Männer, Jungen, am Ende sogar Knaben. Sie trugen Uniformen und leere Gesichter, verblendet vom Dämon, der sich selbst Führer nannte. Und wieder reichte Susanne ihre Blumen. Nicht weil sie es wollte. Weil sie musste. Weil sie wusste, was kommen würde. Diese Zeiten hatten ihr Gesicht verändert. Vielleicht war es deshalb, dass man ihr Alter nicht mehr schätzen konnte.

Die Zeit rückte näher. Nicht heute, nicht morgen – aber bald, gemessen an ihren Maßstäben. Für andere mochten noch Jahre vergehen, vielleicht Jahrzehnte. Für Susanne war es nur ein Atemzug, der sich vorbereitete auf das nächste. Bald würde sie den Laden weitergeben – an ihre Tochter. So, wie es immer gewesen war. Die Linie würde fortbestehen, ungebrochen, wortlos und wissend. Der Vater ihrer Tochter – und auch der Vater ihrer Enkelin, die sie niemals sehen würde – war kein Mann im gewöhnlichen Sinn. Und doch war es seine Gestalt, in der er den Frauen ihrer Familie begegnete. Er hatte viele Namen, doch in ihrer Familie nannte man ihn keinen. In Bildern zeigte man ihn mit einer Sense, manchmal mit einer Uhr, manchmal ohne Gesicht. Er war der Sohn der Zeit und des Lebens. Und alle Frauen in Susannes Familie erfüllten ihre Aufgabe in seinem Auftrag. Er war es, der sie fand. Immer. Und wenn die Zeit gekommen war, wurde aus dem Finden ein Berühren. Nicht zärtlich, nicht grausam – einfach unausweichlich.

An jenem Tag würde ihre Tochter zum ersten Mal eine Blume verkaufen. Nicht irgendeine – ihre erste. Und auch nicht an irgendwen. Denn es war immer so: Die erste Blume, die eine neue Hüterin aus ihrer Hand gibt, gilt der Mutter. So war es bei Susanne. So war es bei ihrer Mutter. So wird es auch bei ihrer Tochter sein. Es ist kein Zufall. Es ist Teil des stillen Pakts, der durch Blut und Blick weitergegeben wird. Die erste Kundin ist immer die Mutter – und die Blume, die sie erhält, ist zugleich Gabe und Abschied. Ein stummes Zeichen: Ich bin bereit. Du darfst gehen. An diesem Tag wird Susanne keine Worte sprechen. Sie wird die Blume nehmen, sie ansehen – und wissen, dass ihre Zeit voll geworden ist. Nicht zu früh. Nicht zu spät. Einfach: richtig. Und ihre Tochter wird ihr dabei zusehen – mit jenen Augen, die noch lernen müssen, was es heißt, der Zeit nicht zu gehören.

DREI

Die Tafel über dem Bahnsteig schwebt lautlos im Nebel, als hinge sie an unsichtbaren Fäden aus Dunst und Vergessen. In schwarzer Schrift auf weißem Grund steht eine einzige Ziffer: 0. Keine Spur von einem zweiten Zeichen, das verblasst sein könnte. Keine Andeutung, dass hier einst eine Zehn oder Zwanzig zu lesen war. Nein – die Null steht still und sicher, als sei sie schon immer dort gewesen. Gleis Null. So seltsam es klingt – man zweifelt keine Sekunde daran, dass es dieses Gleis wirklich gibt.

Unter den geschwungenen Bögen der Halle stand der Zug, als hätte er nie woanders existiert. An der Spitze thronte die Lokomotive – ein schwarzer Dampfriese mit rot lackierten Rädern, die selbst im Stillstand wirkten, als wollten sie sich in Bewegung setzen. Aus dem Schornstein stieg eine feine, zitternde Rauchfahne, und aus den seitlichen Kolben quoll überflüssiger Dampf, der die Luft mit Nebel tränkte und die Halle in einen schwerelosen Schleier tauchte. Dahinter reihten sich die Wagen aneinander, grün lackiert, mit bleigrauen Dächern, als hätte der Wald den Tod umarmt. An jedem Ende der Wagen befand sich eine kleine Plattform, ein schmaler Vorplatz vor der Tür – der letzte Schritt vor dem Schritt. An den Seiten prangte, klar und unübersehbar, das Emblem der Gesellschaft: Eine geflügelte Sense über dem Schriftzug Migratio in regionem mortuorum. Die Reise hatte einen Namen. Und ein Ziel.

Am Gepäckwagen drängten sich Menschen, leise, höflich, wie an jedem anderen Bahnhof auch. Sie reichten ihre Koffer und Taschen dem Angestellten, ohne Hast, ohne Misstrauen. In ihrem Innern befand sich keine Kleidung – denn dahin, wo dieser Zug fuhr, würde man keine mehr brauchen. Es waren Erinnerungen, die sie aufgaben. Briefe,

Stimmen, Lachen. Gerüche, die nur sie kannten. Kindheitsbilder. Schuld. Keiner von ihnen ahnte, dass dieser Vorgang – das Gepäckaufgeben – nur der Beruhigung diente. Ein letzter Versuch, dem Unfassbaren den Anschein von Alltäglichkeit zu geben. Denn der Gepäckwagen würde nicht mitfahren. Er würde hier bleiben, an Gleis 0, stehen wie ein vergessenes Versprechen. Die Erinnerungen – sie gehörten nicht den Reisenden. Sie gehörten jenen, die zurückblieben. Auch der alte Herr in seinem abgetragenen, doch sorgfältig getragenen Kordanzug und dem dunkelbraunen Hut wusste nichts davon. Er reichte dem Gepäckmann seinen Koffer mit stillem Ernst – nicht wissend, dass er ihn für immer aus der Hand gab.

Am hinteren Ende des Gepäckwagens stand er – der Schaffner des Zuges. In seiner schwarzen Uniform mit den goldenen Knöpfen und der roten Schirmmütze wirkte er wie eine Figur aus einer anderen Zeit, aus einer Epoche, in der Ordnung noch mehr galt als Gnade. Und er war wichtig. Wie jeder Schaffner war er nicht nur Begleiter, sondern Herr des Zuges. Was auch immer auf der Reise geschah – es war seine Verantwortung. Er nahm diese Verantwortung ernst. Man sah es in jeder seiner Bewegungen: in der Geradlinigkeit seiner Haltung, im festen, aber höflichen Nicken, mit dem er den Gepäckfluss überwachte. Seine Freundlichkeit war echt – und dennoch ließ sie keinen Zweifel daran, wer hier das Sagen hatte. Dann zog er aus der Innentasche seines Uniformrocks eine goldene

Taschenuhr, klappte sie auf und blickte prüfend auf das Ziffernblatt. Er nickte. Noch lief alles nach Plan. Die Uhren am Bahnsteig zeigten seit Äonen dieselbe Zeit: fünf vor dreizehn. Ja, dreizehn. Die Zifferblätter trugen hier dreizehn Zahlen – und waren doch nichts als Dekoration. Teil des mühsam aufrechterhaltenen Scheins von Alltäglichkeit. Die einzige Uhr, die wirklich zählte, war die des Schaffners.

Manchmal kam es vor, dass Menschen auftauchten, die den Zug nehmen wollten. Nicht weil es ihre Zeit war – sondern weil sie sie für gekommen hielten. Doch für sie war dieser Zug nicht bestimmt. Der Schaffner, so streng er sein mochte, trat ihnen stets mit Würde entgegen. Er sprach leise mit ihnen, erklärte, dass dieser Zug nur für jene war, die ihn nehmen mussten. Wollen zählte nicht. Nicht hier. Ein prüfender Blick, oft kaum mehr als ein einziger, reichte ihm, um zu erkennen, was zu tun war. Die meisten schickte er zurück – hinaus aus dem Bahnhof, zurück ins Leben, das noch auf sie wartete. Doch es gab Ausnahmen. Es gab jene, die zu lange gewartet hatten, zu weit gegangen waren, zu tief gefallen. Für sie blieb nur ein anderer Zug – einer, der nie irgendwo ankommen würde. Ein endloser Ritt durch Dunkel und Vergessen. Und auch ihnen wünschte der Schaffner leise eine gute Reise – obwohl er wusste, dass sie nie enden würde.

Ein letzter Blick auf die goldene Taschenuhr. Jetzt war es so weit. Der Schaffner trat weg vom Gepäckwagen, der am Ende des Zuges stand – still, schwer, voller Erinnerungen, die nie mitfahren würden. Nur er wusste um dieses Geheimnis. Mit langsamen, gleichmäßigen Schritten ging er den Zug entlang, prüfte jede Tür, jede Verriegelung, jeden Blick aus dem Fenster. Alle Fahrgäste waren an Bord. Der Bahnsteig war leer – nur der Dampf der Lok zog in zähen Schwaden über das Pflaster, als wollte er sich noch ein letztes Mal mit den Schatten vermischen. Vorne, beim ersten Wagen angekommen, sah der Schaffner das Signal: Fahrt frei. Es war kein Vorschlag. Es war Gesetz. Er hob die grüne Kelle, blies einmal, kurz und scharf, in seine Trillerpfeife. Ein Riss ging durch die Stille. Dann begannen sich die Räder zu bewegen – zuerst langsam, zögernd, wie ein Herz, das sich entschließt, weiterzuschlagen. Als der Zug die ersten Meter gewann, stieg der Schaffner auf die schmale Plattform hinter der Lokomotive, zog die Tür zum ersten Wagen auf – und trat ein.

Freundlich, doch mit der ruhigen Bestimmtheit eines Mannes, der seine Aufgabe kennt, bat der Schaffner um die Fahrkarten. Nicht, um Schwarzfahrer zu ertappen – er wusste, dass niemand diesen Zug ohne Fahrkarte betrat. Niemand konnte das. Er nahm jede Karte entgegen, betrachtete sie einen Augenblick, nickte leicht, und reichte sie dann mit einem stillen Blick zurück. Er las keine Namen. Er las Orte – Orte des Ausstiegs, letzte Haltestellen auf einer Strecke, die niemand kannte. Er musste sich nichts notieren. Er vergaß nie.

Fünfzehn Stationen lagen auf dieser Fahrt. Keine zwei waren einander gleich, und doch verband sie alle der dunkle Strom der Reue, der Schuld, der Erkenntnis. Der Schaffner kannte sie gut. Er kannte ihre Reihenfolge, ihre Landschaften, ihre Schreie. Er wusste, wo das Licht flackern und wo es ganz vergehen würde. Und er wusste – durch einen einzigen Blick auf die Fahrkarte –, welche Seele wo aussteigen musste.

- Limbus. Luxuria. Gula.
- Avaritia et Prodigo.

Und tiefer noch:

- Ira, Acidia, Haeresis.

Dann die drei Gesichter der Gewalt:

- gegen den Nächsten,
- gegen sich selbst,
- gegen Gott,
- Natur und Kunst.

Schließlich Malebolge – und die eisigen Kreise:

- Caina, Antenora, Tolomea, Judecca.
- Und am Ende... für wenige:
- der Aufstieg.
- Mons Purgatorii.

Er schrieb nichts auf. Er vergaß nie. Nicht woher sie kamen. Sondern, wohin sie mussten.

Am Ende des ersten Wagens saß eine Frau, die den Glanz des Lebens noch wie ein Parfum auf der Haut trug. Ihr Mantel war teuer, ihr Blick fordernd, und ihre Stimme durchdrang den Dampf wie ein

Befehl. „Unfassbar", rief sie, „dass es hier keine Erste Klasse gibt! Keine Abteile, keine Stufen, keine Trennung – ich sitze hier zwischen... allen!" Der Schaffner trat zu ihr. Nicht streng. Nicht spöttisch. Nur mit der Ruhe eines Mannes, der das Ende gesehen hat und deshalb keine Masken mehr braucht. „Gnädige Frau", sagte er mit sanfter Bestimmtheit, „in diesem Zug gibt es keine Klassen. Hier ist jeder gleich. Denn jeder fährt nur einmal." Er musste nicht auf ihre Fahrkarte schauen. Er wusste längst, wo sie aussteigen würde: Avaritia et Prodigo – der Ort der Maßlosen, der Horter, der Verschwender. Dort, wo das Gold nichts wiegt und niemand mehr zählt.

Die Frau öffnete den Mund, bereit, sich erneut zu empören, bereit, mit Worten das einzufordern, was ihr im Leben stets gewährt worden war. Doch der Schaffner tat nichts weiter, als eine kleine Geste. Ein kaum merkliches Anheben der Hand, eine minimale Bewegung der Augen – und alles, was sie sagen wollte, verhallte in ihrem Hals. Etwas in dieser Geste erinnerte sie an etwas, das sie längst vergessen hatte: Grenze. Endlichkeit. Bedeutung. Sie sackte leicht in sich zusammen und blickte aus dem Fenster, die Lippen zu einer schmalen Linie gepresst. Mehr Schmollmund als Würde. Der Schaffner aber wandte sich bereits ab, griff zur Tür, und öffnete sie, um in den nächsten Wagen zu treten.

Im zweiten Wagen geschah etwas, das nur selten geschah. Wenn es nach dem Schaffner ginge – viel

zu selten. Aber es ging nicht nach ihm. Und doch
– jedes Mal, wenn es geschah, hob es für einen Moment die Schwere aus seinen Schultern. Dann
wusste er: Die Menschheit ist noch nicht gänzlich
verloren. Ein alter Mann, gekleidet in einen braunen Kordanzug, mit einem dunklen Filzhut auf dem
Knie, reichte ihm still zwei Fahrkarten. Die erste
führte, wie bei allen für diesen Zug, aber bis zur
Endstation und davon gibt es pro Fahrt nur. Doch
die zweite… war eine Anschlussfahrkarte. Ziel: Paradiso. Der Schaffner hielt einen Moment inne.
Nicht aus Zweifel – aus stillem Staunen. Diese
Seele war gewiss nicht ohne Schuld, doch irgendetwas – eine Tat, ein Leben, ein Blick – hatte so gewirkt, dass keine Strafe, nicht einmal Läuterung
nötig war. Direkt ins Licht. Ohne Umweg. Lächelnd gab der Schaffner beide Fahrkarten zurück.
Mit einer Sanftmut, wie man sie nur jenen entgegenbringt, die sie niemals eingefordert hätten. „Bewahren Sie die Anschlusskarte gut, mein Herr",
sagte er leise. „Sie ist selten. Und von unschätzbarem Wert."

Der alte Mann blickte den Schaffner verwundert
an, sein Gesicht eine Landkarte des Staunens.
Langsam hob er eine Augenbraue, fragend, zweifelnd, als müsse es sich um ein Missverständnis
handeln. Der Schaffner, noch immer sanft lächelnd, erklärte ihm mit leiser Stimme, was die
zweite Fahrkarte bedeutete – und warum gerade er
sie erhalten hatte. Der Alte schüttelte den Kopf.
„Ich habe nichts Besonderes getan", sagte er. „Ich

war einfach nur... freundlich. Ich bin allen Menschen mit Respekt begegnet. So wie es sich gehört." Er ließ den Blick durch den Wagen schweifen. Dann sah er das kleine Mädchen – allein, verloren, verängstigt. Er zeigte auf sie. „Kann ich mit ihr tauschen? Meine Anschlusskarte für ihre?" Der Schaffner trat einen Schritt zurück, als hätte ihn etwas mitten ins Herz getroffen. Er schluckte. Die Tränen in seinen Augen schimmerten wie Tau auf rostigem Metall. „Nein", flüsterte er. „So sehr ich es mir wünsche... es geht nicht." Und in seinem Innersten wusste er: Jetzt hatte der alte Mann die Anschlusskarte wirklich verdient. Nicht trotz dieses Wunsches. Sondern gerade deshalb.

Doch der alte Mann gab nicht auf. Er senkte den Blick, als schämte er sich fast dafür, und sagte dann mit leiser Stimme: „Ich... ich habe die Anschlussfahrkarte nur gefunden. Sie ist dem Mädchen aus der Tasche gefallen." Der Schaffner sah ihn an. Er wusste, dass es nicht stimmte. Aber er wurde nicht böse. Wie könnte man zornig sein über einen Versuch, Liebe zu verschenken? Dennoch schüttelte er den Kopf, die Augen voller Tränen. „Es tut mir leid", flüsterte er, „auch so... geht es nicht." Da hob das kleine Mädchen den Kopf. Ihre Stimme war klar, aber nicht trotzig – nur ruhig, wie der Anfang eines Liedes. „Die Karte ist nicht von mir", sagte sie. „Sie kann mir nicht aus der Tasche gefallen sein." Der Schaffner blinzelte. Der alte Mann blickte auf seine Hände – und hielt plötzlich zwei Anschlussfahrkarten in der Hand. Beide mit dem

Ziel: Paradiso. Einen langen Moment geschah nichts. Dann wich das Staunen aus dem Gesicht des Schaffners, und wich einer Rührung, so tief, dass sie ihn zwang, sich zu setzen. Er sah das Mädchen an. „Heißt du... Bianca?" Das Kind nickte. Einfach so. Ohne ein Wort. Der Schaffner schloss die Augen. Er konnte nichts sagen. Denn manchmal ist das Wunder schlichter als das Leben.

Der alte Mann winkte Bianca zu sich. Eine kleine, einladende Geste, nicht aufdringlich, nicht bestimmend – nur offen, wie eine Tür, die sich nicht schließt. Das Mädchen kam zögernd, dann etwas schneller, und setzte sich neben ihn. Zwei Fahrkarten, zwei Seelen, eine letzte Reise – gemeinsam. Der Schaffner saß noch einen Moment da, die Hände ruhend auf den Knien, den Blick in etwas gerichtet, das niemand sonst sehen konnte. Dann atmete er tief ein, richtete sich auf, und trat wieder in den Gang. Wagen für Wagen ging er weiter, um die Fahrkarten zu kontrollieren. Nicht, weil er zweifelte – sondern weil es seine Pflicht war. Und weil es Ordnung geben musste, selbst im Reich der Endlichkeit.

Der Zug näherte sich der ersten Station. Der Schaffner stand wachsam im Gang, und kontrollierte genau, dass nur der ausstieg, dessen Fahrkarte diese Station als Ziel auswies. Kein Bitten, kein Verweilen. Die Türen öffneten sich, ließen eine Seele hinaus – und schlossen sich wieder. So geschah es an jeder Station. Mit jeder Haltestelle wurde der Zug leerer. Und stiller. Bis zur letzten

Station. Dort kam der Schaffner noch einmal zum alten Mann und zu Bianca. Er lächelte. Verbeugte sich leicht. Und bat sie, ihm zu folgen. Er begleitete sie durch den Nebel des Bahnsteigs, bis zu einem zweiten Zug, der dort wartete – heller, leiser, fast durchsichtig. Der Schaffner dieses Zuges stand schon bereit. Der erste Schaffner trat an ihn heran und erzählte ihm, was geschehen war. Ein Wunder. Zwei Fahrkarten. Ein Tausch, der keiner war. Der zweite Schaffner hörte still zu. Dann hob auch er den Blick – und in seinen Augen standen Tränen. Er reichte beiden die Hand. „Willkommen", sagte er. Und seine Stimme klang wie der Wind über einem stillen See. Der alte Mann und das Mädchen stiegen ein. Sie setzten sich nebeneinander. Und als der Anschlusszug sich in Bewegung setzte, wirkte es, als würde nicht er sich entfernen – sondern die Welt.

Die Tafel über dem Bahnsteig schwebt lautlos im Nebel, als hinge sie an unsichtbaren Fäden aus Dunst und Vergessen. In schwarzer Schrift auf weißem Grund steht eine einzige Ziffer: 0. Keine Spur von einem zweiten Zeichen, das verblasst sein könnte. Keine Andeutung, dass hier einst eine Zehn oder Zwanzig zu lesen war. Nein – die Null steht still und sicher, als sei sie schon immer dort gewesen. Gleis Null. So seltsam es klingt – man zweifelt keine Sekunde daran, dass es dieses Gleis wirklich gibt.

Am hinteren Ende des Gepäckwagens stand er – der Schaffner des Zuges. In seiner schwarzen Uniform mit den goldenen Knöpfen und der roten

Schirmmütze wirkte er wie eine Figur aus einer anderen Zeit, aus einer Epoche, in der Ordnung noch mehr galt als Gnade. Und er war wichtig. Wie jeder Schaffner war er nicht nur Begleiter, sondern Herr des Zuges. Was auch immer auf der Reise geschah – es war seine Verantwortung.

VIER

Bruno Falk hatte die Kamera nicht aus der Hand gelegt, seit sie durch das Tor getreten waren. Der Regen tupfte kleine, klare Kreise auf das matt-schwarze Gehäuse, sammelte sich an der Wölbung der Linse, wie Tränen an einem müden Auge. Neben ihm notierte der junge Kollege etwas ins Notizbuch, nervös, ehrgeizig. Falk schwieg. Er war nicht gekommen, um zu schreiben. Nur zu sehen. Vielleicht ein letztes Mal. Die Beerdigung war vertraulich angekündigt worden, und doch hatte man sie geschickt. Ein paar gute Bilder für die Sonntagsausgabe. Der Schriftsteller Kurt Herrmann — lokale Legende, literarischer Einzelgänger, nun auf dem Weg ins Erdreich. Für den Verlag war das eine Geschichte. Für Bruno Falk war es ein Abschied von einem, der dem Tod stets Worte abgerungen hatte. Worte, wie Falk einst Bilder. Er richtete die Kamera kurz auf die kleine Trauergesellschaft, doch sein Blick ging tiefer. Über die Schirme hinweg. Durch den Dunst. In jene Schattenzonen, die das Licht mied. Vielleicht, so hoffte er, zeigte sich dort schon etwas. Eine Bewegung ohne Ursprung. Ein Hauch, der nicht vom Wind kam. Als der Vater des Mädchens die Polizei rief, wunderte sich Falk nicht. Als die Beamten eintrafen, protestierte er nicht. Als sie ihn baten zu gehen, fragte er nicht einmal, warum. Er wusste es längst. Der Tod mochte keine Zuschauer. Doch als er das Tor fast erreicht hatte, hielt er einen Moment inne. Drehte sich um. Nicht aus Neugier. Nicht aus Stolz. Sondern weil er glaubte, ganz hinten, am Rand des Weges, etwas zu sehen, das nicht dorthin gehörte. Kein Mensch. Kein Baum. Nur eine Dichte im Nebel. Ein dunkler Fleck, der sich nicht bewegte, obwohl der Wind das Gras zum Zittern brachte. Er hob nicht die

Kamera. Nicht diesmal. Er blinzelte nur. Dann wandte er sich ab.

Die Wohnung empfing ihn mit Stille. Kein Ticken, kein Tropfen, kein Laut, der sich über die Schwelle wagte. Bruno stellte die Tasche ab, hängte den tropfnassen Mantel über den alten Heizkörper und ging in die kleine Küche. Er kochte sich einen Kaffee, wie er es immer tat nach einem Außentermin. Bitter, stark, schwarz. Wie ein letzter Gruß an die Welt. Während das Wasser langsam durch den Filter sickerte, nahm er die Kamera auseinander. Vorsichtig, mit ruhigen Fingern, die jeden Handgriff kannten wie eine Liturgie. Er trocknete das Gehäuse, löste das Objektiv, reinigte es mit einem weichen Tuch, prüfte das Innere auf Staub, auf Spuren des Tages. Es war fast wie früher, in den Feldlagern, nach den Einsätzen. Nur dass es damals nie still war. Damals schrie immer irgendetwas. Sein Blick glitt zur Kommode im Flur. Dort, hinter Glas, stand es noch immer. Das Bild. Das einzige, das man aufgehoben hatte. Ein junger Soldat, kniend im Staub, den Kopf seines toten Kameraden auf dem Schoß. Die Hände zitternd, die Augen geschlossen. Schmerz, roh und ungefiltert, in einem Moment eingefroren, der zu viele gesehen hatten — aber niemand so. Das Foto hatte Preise gewonnen. Auf Titelseiten gestanden. In Ausstellungen gehangen. Menschen hatten darüber gesprochen, darüber geschrieben, sogar geweint. Nur niemand hatte seinen Namen erwähnt. Damals war er für eine Agentur unterwegs gewesen. Rechte, Regeln,

Nutzungsbedingungen. Kein Platz für Urheber, nur für Verwertung. Sein Bild, ihre Signatur. Manchmal hatte er es verteidigt. Dann wieder verflucht. Er nahm einen Schluck Kaffee. Er war zu heiß. Aber er trank ihn trotzdem. Ein Gedanke stieg in ihm auf, leise und unaufhaltsam wie Rauch: Vielleicht würde sein letzter Blick diesmal wirklich sein Bild werden. Und niemand sollte es je vergessen.

Er ließ sich auf den alten Stuhl am Fenster sinken, den dampfenden Kaffee in der einen, die Kamera in der anderen Hand. Der Regen hatte nachgelassen, tropfte nur noch vereinzelt gegen das Glas. Die Stadt draußen lag grau und schwer da, wie eine alte Frau, die niemand mehr besucht. Früher war alles anders. Früher war er unterwegs gewesen, immer. Naher Osten, Balkan, Nordafrika. Jeder Einsatz ein Wagnis, jede Aufnahme ein Zeugnis. Blut, Trümmer, Tränen — seine Bilder erzählten, was Worte nicht tragen konnten. Und doch war nie er der Erzähler gewesen. Die Agentur schob ihm die Einsätze zu. Die Agentur veröffentlichte. Die Agentur kassierte. Sein Name verschwand im Kleingedruckten. Er hatte sich damals nicht gewehrt. Zuerst aus Pflichtgefühl. Dann aus Müdigkeit. Aber irgendwann war da diese Leere gekommen. Diese Frage, die sich wie ein Spalt durch seine Nächte zog: Wozu Bilder machen, wenn niemand weiß, wer sie gesehen hat? Also machte er sich selbständig. Kündigte. Kaufte sich seine Freiheit teuer. Und fand sie... im Kleinen. Wochenmärkte. Kommunalpolitik. Lokale Beerdigungen. Jetzt stand sein Name unter jedem Bild. Groß. Sichtbar. Aber niemand sah hin. Er hatte Welten festgehalten, die niemand mehr sehen wollte. Und nun hielt er Gesichter fest, die niemand kannte. Ein Abstieg? Vielleicht. Oder nur der letzte Umweg vor dem eigentlichen Ziel. Bruno Falk trank den Kaffee aus. Sein Blick ging wieder zur Kamera. Sie war sauber. Bereit. Es fehlte nur noch das richtige Bild.

Das Klingeln zerriss die Stille wie ein Schnitt durch staubiges Filmmaterial. Bruno zuckte zusammen. Für einen Moment glaubte er, das Geräusch komme aus der Vergangenheit, von einem alten Feldtelefon vielleicht, aus einem Zelt, das nach Blut und Angst roch. Doch es war nur das Festnetzgerät auf der Kommode. Alt, schnurgebunden, grau. Wie aus einer anderen Zeit. Er hob den Hörer ab. „Falk", sagte er, und seine Stimme klang, als müsse sie erst durch Schichten von Müdigkeit graben. „Herr Falk, hier ist die Redaktion vom Hohenthaler Tageblatt. Ich hoffe, ich störe nicht..." Er erkannte die Stimme. Die junge Redakteurin. Ehrgeizig. Immer ein wenig zu fröhlich. „Morgen ist das große Jubiläumstreffen vom Kleintierzüchterverein ‚Heimattreu' in Lindenau", fuhr sie fort. „Fünfzig Jahre! Normalerweise hätten wir da nur einen kleinen Hinweis gebracht. Aber diesmal soll's ein halber Artikel werden. Mit Bildern. So mit Schleifen und Pokalen und dem ältesten Karnickelzüchter des Landkreises, wissen Sie?" Bruno schloss die Augen. „Sie meinen, ich soll..." „...Fotos machen, ja. So gegen zehn. Wenn Sie Zeit haben." Er atmete aus. Tief. Es war nicht Wut, nicht Verachtung. Es war diese leise, nagende Müdigkeit, die kommt, wenn man den Sinn fragt, obwohl man die Antwort kennt: Die Miete wartet. „Ich bin da", sagte er knapp. „Klasse. Dann bis morgen. Und danke, Herr Falk." Als er auflegte, sah er eine Weile auf das Telefon, als hätte es ihm etwas angetan. Dann stand er auf, ging zum Fenster, öffnete es. Kalte Luft strömte herein. Bruno Falk streckte die Kamera aus dem Fenster, hielt sie gegen den Himmel. „Du hast besseres gesehen", murmelte er. „Aber morgen kriegst du Kaninchen." Er schloss das Fenster. Und ging ins Dunkel der Wohnung zurück.

Die Kamera lag auf dem Tisch, die Kaffeetasse daneben, noch halbvoll. Und Bruno Falk starrte wieder auf das Foto. Den Soldaten. Den toten Freund. Den staubverkrusteten Boden. Alles genau so eingefangen, wie es war. Wie es nie hätte sein dürfen. Sein Herz zog sich zusammen. Und dann war er wieder dort. Kosovo. Spätsommer. Der Geruch von verbranntem Gummi und feuchtem Metall in der Luft. Bruno begleitete einen kleinen Trupp Blauhelme, junge Männer, viel zu jung für das, was sie sahen. Neben ihm lief Robert, der Zugführer, schweigsam, klar, immer einen Schritt voraus. Sie gingen einen schmalen Pfad entlang, zwischen zerborstenen Mauern. Nichts kündigte sich an. Kein Pfeifen, kein Donnern. Nur ein plötzlicher Griff. Robert schubste ihn, heftig, fast grob, und Bruno stolperte rücklings in einen Granattrichter. Dann brach die Welt auseinander. Ein Knall, der nicht klang, sondern fraß. Rauch, Staub, Splitter. Schrapnelle zischten über ihn hinweg wie Vögel aus Eisen. Er konnte nicht atmen, roch Erde, Schweiß, Tod. Minuten vielleicht. Oder Sekunden. Zeit verlor jede Bedeutung. Als es still wurde, kroch er aus dem Krater. Und dann sah er es. Den jungen Mann auf den Knien. Den toten Freund in seinen Armen. Die Hände wie verkrampfte Flügel. Die Augen geschlossen, aber noch warm. Er hob die Kamera. Automatisch. Das Bild war keine Entscheidung. Es war ein Reflex. Später hatte er gefragt, warum Robert ihn gestoßen hatte. „Der Wind stand falsch", hatte Robert gesagt. „Ich habe gerochen, dass was kommt." Bruno hatte nie erfahren, ob es stimmte. Aber das Bild war geblieben. Nicht mit seinem Namen. Nur mit der Signatur der Agentur. Doch wenn jemand fragt, woher die Angst in seinen Augen kam — sie kam aus dem Trichter. Und aus dem Moment danach.

An jenem Tag, dort im Kosovo, hatte Bruno nicht zum ersten Mal den Odem des Todes im Nacken gespürt. Er kannte diesen Atem, diesen leisen, kalten Hauch, der sich zwischen die Schulterblätter schiebt wie eine fremde Hand. Er hatte ihn gerochen in zerschossenen Dörfern, hatte ihn gesehen in den glasigen Augen Verwundeter, hatte ihn gehört im Lautlosen, kurz bevor es zu spät war. Aber dieser Tag war anders gewesen. Nicht, weil er beinahe gestorben war. Sondern weil er gesehen hatte. Nicht das Blut. Nicht das Sterben. Sondern den Moment danach. Etwas war damals durch ihn hindurchgegangen, lautlos, schwer. Wie eine Ahnung, die zu groß war, um sie zu denken, und zu deutlich, um sie zu vergessen. Und jetzt, Jahre später, in der stillen Wohnung, mit dem Foto vor Augen und dem Ruf des Karnickelvereins im Ohr, spürte er es wieder. Es war, als würde ein Gedanke in ihm geboren, langsam, schmerzhaft, unter der Schwelle des Begreifens. Noch hatte er keinen Namen, keine Richtung, kein Bild.

Das Rasseln des alten Weckers riss ihn aus einem traumlosen Schlaf. Kein Schrei, kein Bild, kein Echo – nur Dunkelheit, die zu einem bleiernen Erwachen verblasste. Das kleine Hämmerchen zwischen den beiden Klangschalen schlug emsig seinen Rhythmus, als wolle es sich selbst davon überzeugen, dass es noch etwas zu wecken gab. Bruno blinzelte ins Halbdunkel. Für einen Moment wusste er nicht, welcher Tag war, warum er überhaupt wach war. Es war Samstag. Samstag bedeutete Ausschlafen, bedeutete Kaffee in aller Stille, bedeutete Schweigen ohne Zweck. Dann erinnerte er sich. Die Karnickel. Die verdammten Karnickel. Und ihre Züchter, die mit Pokalen und Ehrennadeln posieren wollten, um sich später im Hohenthaler Tageblatt wiederzufinden. Stolz wie Feldherren. Auch wenn die Zeitung nur in einer Auflage von achthundert Exemplaren erschien – für sie war es Ruhm. Für Bruno war es Miete. Er seufzte, drehte sich langsam zur Seite und streckte eine Hand nach dem Wecker aus. Das Pendelhämmerchen hörte auf zu schlagen. Die Welt blieb kurz still.

Dann setzte er sich auf, rieb sich das Gesicht und murmelte: „Von Schrapnells zu Schaufelzähnen. Bravo, Falk." Er stand auf. Nicht weil er wollte. Sondern weil das Leben keine Ausreden mehr akzeptierte.

Das Vereinsheim roch nach Heu, altem Holz und einer Ahnung von Tier. Bruno Falk hielt sich im Hintergrund, die Kamera locker vor der Brust, das rechte Auge halb geschlossen, wie um sich selbst zu filtern. Er bewegte sich langsam zwischen den Tischen, fotografierte Details: Pokale, die in der Morgensonne glänzten wie Relikte aus einer besseren Zeit. Aufgeregte Kinderhände, die durch Käfiggitter griffen. Alte Männer mit Schlips und Schweißflecken, die versuchten, Haltung zu bewahren. Er wusste: Die Portraits würden später kommen. Erst wenn die Sieger feststanden. Wenn die Karnickel ihre Pflicht getan hatten und ihre Besitzer im Glanz der Reproduktionsleistung badeten. Ein Lächeln zuckte über Brunos Gesicht, aber er unterdrückte es. Der Sieger war der Rammler mit den meisten erfolgreichen Deckakten des Jahres. „Zuchterfolg", wie es offiziell hieß. Aber im Grunde: Rammeln fürs Vaterland. Bruno dachte kurz an einen vergleichbaren Wettbewerb unter Menschen. Mit Ehrennadeln für Zeugungszahlen. Mit Pokalen für Standhaftigkeit. Der Gedanke war zu absurd, um ihn zu Ende zu denken — und zu real, um ihn zu ignorieren. Er hob die Kamera. Klick. Ein weiteres Bild. Ein weiteres Stück Wirklichkeit. Weniger laut als damals. Aber nicht weniger seltsam.

Und dann, mitten im Summen der Stimmen, im Klirren der Kaffeetassen, im Lärmen der Kleintierzüchter über Genetik und Futterpläne, fuhr es in ihn hinein. Wie ein Stromschlag. Wie ein Blitz, der keinen Himmel braucht. Der Gedanke von gestern — dieser namenlose Druck im Inneren — brach hervor. Nicht tastend, nicht zögernd. Sondern klar. Unvermeidlich. Er wusste es. Plötzlich. Vollständig. Was ihm gefehlt hatte, all die Jahre. Was ihn gequält hatte, ohne dass er es benennen konnte. Es war nicht Ruhm. Nicht Anerkennung. Nicht späte Gerechtigkeit. Es war das Bild. Sein letztes. Sein wahres. Ein Foto, das kein Mensch je gemacht hatte — und wohl nie wieder machen würde. Nicht von einer Leiche. Nicht von Schmerz. Nicht von einem Moment des Sterbens. Sondern vom Tod selbst. Von ihm. Von Herrn Hain. Vom Sensenmann. Dem einzigen Motiv, das kein Fotograf je bannen konnte, weil er nach dem Auslösen nicht mehr da war. Bruno wusste: Dieses Bild würde ihn töten. Und es war ihm gleichgültig. Denn dieses Bild würde ihn unsterblich machen. Er sah auf die Kamera in seinen Händen. Alt. Verlässlich. Vollständig geladen. Dann sah er durch die Linse — nicht auf das Kaninchen, das gerade prämiert wurde, sondern weiter. Tiefer. Als könnte er schon ahnen, wo der Tod sich verstecken würde. Und wie man ihn in Licht tauchen musste, um ihn sichtbar zu machen.

Die besten Bilder des Tages hatte er ausgewählt, zurechtgeschnitten, farblich abgestimmt. Er kannte die Erwartungen des Hohenthaler Tageblatts – ein lachendes Kind mit Kaninchen, der Vereinsvorsitzende beim Überreichen des goldenen Zuchtpokals, ein Gruppenfoto vor der selbstgemalten Jubiläumsfahne. Bruno hatte geliefert. Routiniert. Unsichtbar. Jetzt saß er wieder in seiner Wohnung. Das Licht war weich, die Heizung gluckste, der Rotwein war schwer und dunkel wie eingedicktes Blut. Vor ihm an der Wand: das Bild. Sein Bild. Das, das nicht ihm gehörte. Er betrachtete es lange. Nicht mit Stolz. Nicht mit Bitterkeit. Mit einer Art stiller Vertrautheit. Wie man ein altes Geheimnis ansieht, das längst aufgehört hat, sich zu verstellen. Und da war wieder der Gedanke. Jetzt nicht mehr als Blitz. Jetzt als Form. Er würde das Bild machen. Das Bild. Das letzte. Das einzige, das zählte. Ein Foto vom Tod. Nicht symbolisch. Nicht metaphorisch. Kein düsteres Stillleben, kein schwarzweißer Akt der Suggestion. Nein. Ein echtes Bild. Mit Licht, mit Schärfe, mit Schatten. Mit dem Gesicht des Gevatters. So, wie Bruno ihn sehen würde. Aber er wusste auch: Dieses Bild würde ihn das Leben kosten. Nicht vielleicht. Nicht unter Umständen. Definitiv. Und weil das so war, musste er planen. Nicht nur, wie er den Tod aufspüren, anlocken, begegnen wollte. Sondern vor allem, wie er sicherstellte, dass jemand das Bild fand. Dass jemand die Kamera fand. Seinen Körper. Sein Vermächtnis. Denn was war ein Bild wert, wenn es niemand sah? Bruno trank den letzten Schluck

Rotwein. Er stand auf. Und begann zu überlegen, wo der Tod sich wohl zeigen würde.

Er dachte an Fallschirmsprünge. An Berggipfel. An dünne Seile über Abgründen. Es gab Momente, da hatte der Tod ein lautes, nervöses Gesicht – und suchte sich seine Opfer mit kaltem Würfelspiel. Aber das war nicht, was Bruno wollte. Das war nicht das Bild, das ihn überleben sollte. Dann dachte er an Krieg. Noch einmal. Ein letztes Mal. Als freier Reporter, ungebunden, einsam mit der Kamera irgendwo zwischen Front und Staub. Doch auch das verwarf er. Zu unberechenbar. Zu viele Variablen. Zu viel Lärm, zu viele Menschen, zu viele Hände, die ihm die Kamera entreißen könnten, bevor das Bild gefunden wurde. Nein. Wenn das wirklich sein letztes Foto werden sollte — und das würde es — dann musste er die Bühne selbst bauen. Der Ort. Der Moment. Die Linse. Die Belichtung. Die Gewissheit, dass jemand kam, um die Kamera zu finden. Das alles durfte kein Zufall sein. Nicht der Tod musste ihn finden. Er musste den Tod empfangen. Wie ein Gastgeber. Mit ruhiger Hand. Mit vorbereiteter Kamera. Mit offenem Blick. Bruno Falk lehnte sich zurück. Das Glas war leer. Aber der Gedanke war nun klar. Er würde einen Ort finden. Einen Übergang. Einen Rand. Und dort würde er warten. Bereit.

Mit zittrigen Fingern schnitt Bruno das erste Paket auf. Ein Geräusch wie ein leises Aufreißen der Welt. Die neue Kamera lag schwer und glatt in seiner Hand. Mattschwarz. Präzise. Als hätte sie nur auf ihn gewartet. Er schraubte das neue Objektiv auf. Lichtstark. Scharf bis ins kleinste Detail. Ein Werkzeug für Wahrheit. Für das letzte Bild, das kein Bild mehr sein würde — sondern Zeugnis. Dann kamen die beiden Scheinwerfer. Kalt. Unerbittlich. Sie würden jeden Schatten aus dem Raum jagen, jede Ausrede, jede Flucht. Das Licht sollte nicht schmeicheln. Es sollte zeigen. Und dann: der Fernauslöser. Klein. Unscheinbar. Aber entscheidend. Mit ihm würde Bruno das Bild auslösen – nicht aus der Distanz, sondern aus der Mitte des Geschehens. Nicht hinter der Kamera. Sondern vor ihr. Er würde dem Tod ins Gesicht sehen. Und in dem Moment, in dem er käme – in dem alles dunkel werden würde – würde sein Finger drücken. Ein Klick. Ein Blitz. Ein Bild. Ein Ende. Zuletzt öffnete er die Verpackung der Speicherkarte. Er hielt sie kurz zwischen den Fingern wie etwas Kostbares. So klein. Und doch: Auf ihr würde alles liegen. Ein einziges Bild. Mehr nicht. Er setzte die Karte ein, schloss die Klappe. Die Kamera war bereit. Die Bühne war fast gebaut. Bruno lehnte sich zurück. In seinem Inneren: keine Angst. Nur die seltsame Ruhe eines Mannes, der weiß, dass er die Welt noch einmal sehen wird – bevor sie ihn verlässt.

Seit vier Tagen war das Set nun fertig. Die Kamera stand unbeweglich auf dem schweren Studiostativ, das Bruno aus dem Keller geholt hatte. Ein Relikt aus früheren Tagen. Massiv, zuverlässig. Wie gemacht für das letzte Bild. Die beiden Scheinwerfer warfen ihr kaltes Licht auf den Mittelpunkt des

Raumes – eine markierte Fläche auf dem Boden, genau berechnet. Kein Schatten durfte stören, kein Winkel unbeleuchtet bleiben. Der Tod sollte sichtbar sein. Unverstellt. Wie er ist. Die Kamera war vollständig geladen, die Speicherkarte leer – noch. Fernauslöser und Kamera verbunden per Bluetooth, getestet, geprüft. Ein Druck genügte, und der Verschluss würde auslösen. Keine Sekunde Verzögerung. Bruno hatte die letzten Tage genutzt, um zu üben. Immer wieder betrat er den Raum, ging den Weg ab, setzte sich in den bereitgeschobenen Sessel, hielt inne, hob den Arm, drückte. Immer wieder. Bis jeder Handgriff, jeder Schritt, jeder Blick zur automatischen Bewegung wurde. Denn wenn der Moment kam, durfte es keinen Zweifel geben. Kein Zögern. Kein „noch einmal". Es würde nur diesen einen Versuch geben. Jetzt war alles bereit.

Er hatte sich Zeit gelassen. Sorgfältig, wie bei allem in den letzten Tagen. Mit einem kleinen Mörser hatte er das Pulver gewonnen – aus unzähligen Tabletten, gesammelt über Wochen, vielleicht Monate. Es war ein langsam wirkender Wirkstoff, dafür zuverlässig. Nicht brutal. Nur unausweichlich. Bruno löste das Pulver in einem Glas schweren, dunklen Rotweins auf. Er rührte lange. Sah zu, wie die Körnchen sich langsam auflösten. Wie sich das Sichtbare im Unsichtbaren verlor. Als er sicher war, dass nichts mehr am Boden blieb, hob er das Glas. Sein Blick ging kurz zur Kamera. Dann trank er es in einem Zug aus. Der Geschmack war bitter.

Aber das war gleichgültig. Mit ruhigen Händen nahm er den Fernauslöser. Er legte ihn in die rechte Handfläche, presste die Finger darum, dann griff er zum Klebeband. Schwarz. Stark. Er wickelte es um die Hand, zweimal, dreimal. Nicht zu eng. Nur fest genug, dass der Auslöser nicht entgleiten konnte, wenn die Finger nachließen. Dann ging er langsam zum Sessel in der Mitte des Raumes. Setzte sich. Die Scheinwerfer warfen ihr Licht auf die markierte Stelle im Raum, wie zwei stumme Augen. Die Kamera wartete. Die Speicherkarte war leer. Die Welt war still. Bruno Falk schloss die Augen für einen Moment. Dann öffnete er sie wieder. Sah geradeaus. Und wartete. Jetzt gab es keinen Weg zurück.

Als Bruno Falk auf keine Anrufe mehr reagierte, wurden die Redaktionen nervös. Der Mann war zuverlässig gewesen. Immer pünktlich. Immer da. Keine Absage. Kein Lebenszeichen. Schließlich rief jemand bei der Polizei an. Die Beamten fanden ihn am späten Nachmittag. Tot, im Sessel, mitten in einem hell ausgeleuchteten Raum. Die Kamera stand auf einem Stativ. Der Auslöser war mit schwarzem Klebeband in seiner Hand fixiert. Nichts deutete auf Gewalt hin. Ein natürlicher Tod? Ein Suizid? Das Protokoll wurde eingeleitet. Der Forensiker sicherte die Kamera, entnahm die Speicherkarte, spielte die Daten aus. Nur ein einziges Bild befand sich darauf. Kein Serienmodus, kein zweiter Versuch. Und dann der Moment, der alles kippte. Die EXIF-Daten – jene nüchternen Zahlen, die Uhrzeit und Technik dokumentieren – gaben den Aufnahmezeitpunkt mit erschreckender Genauigkeit an. Exakt die Minute, die der Pathologe wenig später als Todeszeitpunkt feststellte. Nicht davor. Nicht danach. Exakt.

Ein Stirnrunzeln ging durch den Raum. Der Forensiker sagte nichts. Er klickte das Bild auf, um es zu betrachten. Und für einen Moment wurde es still.

Es zeigt eine hügelige Landschaft. Ein weiter Himmel mit weißen, weichen Wolken. Wiesen, so grün, dass sie fast unwirklich wirkten. Und in der Mitte des Bildes: ein Bauer. Ein einfacher Mann, in der Bewegung eingefroren. Er hielt eine Sense in den Händen, gerade dabei, das Gras zu schneiden. Der Schwung seines Körpers, die Haltung der Arme, das Spiel des Lichts auf dem Stahl – alles war gestochen scharf. Fast zu klar. Keiner der Anwesenden sagte etwas. Das Bild wirkte... friedlich. Zu friedlich. Aber je länger sie es betrachteten, desto unruhiger wurde das Schweigen. Denn jeder sah es. Oder glaubte es zu sehen. Etwas stimmte nicht. Etwas an diesem Mann, an seiner Haltung, an seinem Blick, den man nicht erkennen konnte – ließ das Herz kurz stocken.

FÜNF

Die Sonne war eben erst hinter den Häusern der
gegenüberliegenden Straßenseite versunken. Ein
letztes flüchtiges Leuchten, wie das Atemholen

eines sterbenden Tages, färbte die Wolken in ein tiefes Rosa, das sich unmerklich ins Rot zurückzog. Die ersten Straßenlaternen flackerten auf, zögerlich, als müssten sie sich jedes Mal aufs Neue entscheiden, ob sich die Dunkelheit wirklich schon lohne. Jim klappte die Auslage seines kleinen Zeitungskiosks mit geübter Hand zusammen, während Kosta drinnen im Imbiss bereits die nächste Ladung Hotdogs auf den Grill legte – bald würden die ersten Nachtschwärmer vorbeikommen, um sich eine Grundlage für ihr Nachtleben zu schaffen. Und wie jeden Abend, als wäre es der einzige Halt in einem brüchigen Gefüge aus Erinnerung und Gewohnheit, trat Robert auf seinen Balkon. Langsam, mit der Würde eines Mannes, der nichts mehr beweisen muss. Seine Schritte hatten nichts von Eile, nichts von Erwartung. Nur das stille Einverständnis mit der Nacht.

Mit einem kaum merklichen Nicken winkte Robert hinüber zu Jim, der gerade die Jalousien herunterließ, und zu Kosta, der über den heißen Grill gebeugt seine Welt aus Senf und scharfer Soße regierte. Es war kein Gruß im eigentlichen Sinn – eher ein stummes Zeichen der Zugehörigkeit. Dann griff Robert in die Innentasche seiner Jacke, holte eine fast leere Schachtel hervor und öffnete sie mit der Sorgfalt eines Mannes, der weiß, was er tut. Er rauchte seit Jahren nicht mehr. Der Arzt hatte es ihm geraten, die Lunge hatte es verlangt, und irgendwann war auch die Gewohnheit verstummt. Doch diese eine Zigarette, die ließ er sich nicht nehmen. Nicht aus Trotz. Nicht aus Schwäche. Sondern weil sie mehr war als Rauch. Sie war Erinnerung. Sie war ein kleines Leuchtfeuer gegen das große Vergessen.

Robert war Soldat gewesen. Kein Paradesoldat, keiner für Ehrenreden oder Salutschüsse. Er hatte an den Fronten dieser Welt gestanden, dort, wo der Schlamm schwer war und der Himmel leer. Auf jedem Kontinent hatte er gekämpft, im Namen verschiedener Flaggen, doch am Ende immer nur mit dem Blick auf den neben ihm, der fiel. Seit fast einem Jahrzehnt war er nicht mehr im aktiven Dienst. Doch in seinem Inneren hatte sich nichts entlassen, nichts entwaffnet. Und so rauchte er – wirklich jeden Abend – diese eine Zigarette. Nicht aus Gewohnheit, nicht aus Schwäche. Sondern für sie. Für die Freunde, die Kumpel, die Brüder, die irgendwo geblieben waren, in Sand, Schnee oder Dschungel. Die Zigarette war ihr gemeinsamer Schwur: Wir vergessen einander nicht.

Heute hatte Robert in der Zeitung von einem seltsamen Vorfall gelesen. In einer kleinen Stadt irgendwo in Deutschland war ein Fotoreporter gestorben – still, auf eine Art, die etwas Verstörendes hatte. Man hatte ihn tot in seinem Sessel gefunden, die Kamera stand auf einem Stativ hinter ihm, der Raum war mit Scheinwerfern ausgeleuchtet, und der Fernauslöser war mit Klebeband an seiner Hand fixiert. Fremdverschulden konnte nicht ausgeschlossen werden – aber auch nicht bestätigt. Das Seltsame war jedoch nicht der Tod, sondern das Bild. Auf der Speicherkarte der Kamera befand sich nur ein einziges Foto. Keine Serie, kein Zufall, kein Testbild. Nur dieses eine. Und die Datenanalyse zeigte, dass es exakt in dem Moment aufgenommen worden war, in dem der Mann starb. Doch es zeigte nicht das Zimmer. Nicht den Sessel. Nicht den toten Fotografen. Sondern eine Hügellandschaft, weit geöffnet, unter wolkenlosem Himmel. Inmitten dieser Landschaft stand ein Bauer, der das hohe Gras mit einer Sense mähte. Robert hatte lange auf das Bild gestarrt, obwohl es in Worten gar nicht sichtbar gewesen war. Er spürte, dass da etwas war – etwas, das nicht zu greifen war. Vielleicht eine Wahrheit. Oder eine Einladung.

Robert hatte lange auf den letzten Satz des Artikels gestarrt, ohne ihn wirklich zu lesen. Dann erst fiel sein Blick zurück auf den Namen. Bruno Falk. Etwas regte sich in ihm – nicht Schmerz, nicht Wut, sondern dieses leise, unangenehme Ziehen, das alte Erinnerungen ankündigt, bevor sie wieder ganz da sind. Er grub in seinem Gedächtnis, tief, langsam, wie jemand, der durch Trümmer geht. Und dann fiel es ihm ein. Bruno Falk. Das war der Fotograf, dem er damals das Leben gerettet hatte. Er hatte ihn weggeschubst, gerade noch rechtzeitig. Nur ein Augenblick, ein Reflex. Und in genau diesem Augenblick war Toni gestorben. Eine Granate. Ein schmaler Grat zwischen zwei Atemzügen. Robert hatte Bruno damals gehasst – nicht laut, nicht sichtbar, aber tief. Wäre Bruno nicht da gewesen, hätte er Toni vielleicht retten können. Es hatte

Wochen gedauert, bis er begriff, dass der Fotograf keine Schuld trug. Aber das Wissen war nie ganz Trost geworden. Es blieb ein Schatten, den auch die Zeit nicht fortgewaschen hatte.

Die Sonne war eben hinter den Häusern der gegenüberliegenden Straßenseite verschwunden. Die Wolken standen wie träge Gedanken am Himmel, in dunklem Rosa, von Rot durchzogen, als wollten sie sich nicht entscheiden zwischen Glut und Erlöschen. Die Straßenlaternen erwachten eine nach der anderen, schienen zu zögern, ehe sie ihr mattes Licht in die fallende Dunkelheit entließen. Jim schloss den kleinen Zeitungskiosk. Kosta legte, wie immer um diese Zeit, die erste Ladung Hotdogs auf den Grill – gleich würden die Nachtschwärmer kommen, um mit Senf und Cola in der Hand dem Ernst des Lebens zu entkommen. Und wie jeden Abend, als gäbe es auf der Welt keine größere Konstante als diesen einen Akt, trat Robert auf seinen Balkon. Ein neuer Abend. Eine neue Erinnerung.

Robert musste an Sergeant Black denken. Damals war er noch nicht der Mann, der Befehle gab. Kein Zugführer. Kein Verantwortlicher. Damals war er nur „Schütze Arsch, letztes Glied", wie sie es nannten – grün hinter den Ohren, das Herz zu laut im Brustkorb, die Waffe schwer in den Händen. Es war sein zweiter oder dritter Einsatz an der Front, das genaue Datum hatte sich längst im Nebel der Jahre verloren. Doch was blieb, war der Moment, in dem Sergeant Black ihm das Leben rettete. Black hatte den Scharfschützen zuerst gesehen – hatte sofort reagiert, wie nur einer reagiert, der die Dunkelheit kennt. Mit einer kurzen, präzisen Salve aus seiner Maschinenpistole zwang er den Feind in Deckung, gerade lange genug, dass Robert sich werfen, kauern, leben konnte. Drei Tage später geriet Black in einen Hinterhalt. Seit fünfundzwanzig Jahren galt er als verschollen. Nicht gefallen. Nicht beerdigt. Ein leeres Grab in Roberts Gedanken.

Ein neuer Abend. Eine neue Zigarette. Eine neue Erinnerung. Diesmal war es Frank, der in seinem inneren Blick Gestalt annahm – breit grinsend, lässig, immer mit einem Spruch auf den Lippen, der entweder zu albern oder zu cool war, um nicht zu wirken. Frank war der Glücksbringer ihres Trupps gewesen. Drei Jahre Einsatzzeit – kein Kratzer, keine Schramme, kein einziger schlechter Tag. Wenn Frank in deinem Platoon war, dann wusstest du: Diesen Tag wirst du überleben. Robert erinnerte sich noch genau an Franks letzten Morgen im Camp. Es war sein letzter Tag, dann sollte er ausgeflogen werden – raus, Heimflug, Zurück-ins-Leben. Und Frank? Der hatte einen neuen Spruch parat. Natürlich. Er ging, wie er gekommen war: mit einem Lächeln und einem lockeren "Bis bald, Jungs." Doch wenige Tage später kam die Nachricht. Der Helikopter, der Frank zum Flughafen bringen sollte, war abgeschossen worden. Kein Überlebender. Kein Wunder diesmal. Nur Stille.

Wieder schickte sich die Sonne an, hinter dem Horizont zu verschwinden. Hinter den Häusern auf der anderen Straßenseite war sie längst gefallen, wie eine Münze, die man in tiefe Wasser wirft. Robert nahm sein Päckchen Zigaretten vom Tisch, trat auf den Balkon, der für ihn längst zu einem kleinen Altar geworden war. Mit ruhiger Hand öffnete er die Schachtel, wollte gerade nach der letzten Zigarette greifen – da spürte er sie. Eine Hand. Warm. Fest. Auf seiner Schulter. Und noch ehe er sich umdrehen konnte, hörte er die Worte – ruhig, fast vertraut, wie von jemandem, den man einst kannte: „Lass stecken. Ab sofort kannst du sie zusammen mit deinen Freunden, Kameraden und Kumpel rauchen."

Einen Abend später fiel es Jim als Erstem auf. Robert war nicht auf dem Balkon. Kein Nicken. Kein Rauch. Kosta schaute zum Fenster hoch, während er die Würste wendete. Keine Bewegung. Die Tür war verschlossen. Kein Licht. Kein Laut. Sie zögerten nur kurz, dann holten sie Hilfe, verschafften sich gewaltsam Zutritt zur Wohnung. Und fanden ihn. Robert saß auf seinem Stuhl, den Blick in den Himmel gerichtet, die Hände ruhig auf den Knien gefaltet. Auf seinen Lippen lag ein Lächeln – kein flüchtiges, kein gezwungenes. Es war ein stilles, tiefes Lächeln, das von jenen spricht, die angekommen sind. Ein Ausdruck von Zufriedenheit. Und Frieden.

SECHS

Es war einer dieser Tage, von denen selbst das Vergessen nicht sprechen mag. Jens hatte verschlafen – nicht tragisch, nicht ungewöhnlich, einfach nur ärgerlich. Er war aus dem Bett gefallen wie ein Gedanke, den man lieber nicht zu Ende denkt, hatte sich im Halbdunkel angezogen, auf die Morgenwäsche verzichtet, und war die Treppe zum Bus hinuntergehastet, als wolle er der Zeit hinterherrennen, die ihn längst überholt hatte. Als er sein Handy zückte, um seinem Chef wenigstens einen Rest an Pünktlichkeit vorzugaukeln, entriss ihm eine fremde Hand das Gerät. Ein flüchtiger Griff, ein Schatten, weg war es. Kein Wort. Kein Blick zurück. Der Chef? Laut. Gereizt. Unnachgiebig. Die Abreibung folgte prompt, verbal, mit der schneidenden Schärfe jener, die selbst nie zu spät kommen, weil sie nie loslaufen. Und als Jens in der Mittagspause dasaß, ohne Imbiss, ohne Geld, ohne Trost – da war der Tag bereits gestorben, noch ehe er gelebt hatte.

Doch selbst die schwersten Tage verneigen sich irgendwann vor der Dunkelheit. Als der Feierabend kam, ging Jens heim – nicht stolpernd, nicht fluchend, sondern mit einer stillen Entschlossenheit, die nur jene in sich tragen, die vom Leben geprügelt wurden, ohne daran zu zerbrechen. Er duschte den Staub des Tages ab, rasierte sich, zog sich ordentlich an – nicht, weil es jemand sehen würde, sondern weil es ihn selbst daran erinnerte, dass er noch Würde in sich trug. Und dann ging er hin, an seinen Ort. Die kleine Kneipe am Stadtrand, vertraut wie ein altes Lied. Im Biergarten saß er unter halbgrünen Blättern, bestellte sich eine kühle Blonde, und mit dem ersten Schluck schien der Tag zu sagen: Du bist noch da. Noch immer.

Nach dem dritten oder vierten Glas war der Tag milder geworden. Jens verließ den Biergarten mit schweren Lidern, aber leichten Gedanken. Allzu spät wollte er es nicht werden lassen – morgen war ein neuer Arbeitstag, und ein zweites Verschlafen wäre der letzte Tropfen. Langsam schlenderte er durch die nächtliche Stadt, vorbei an Fenstern mit müdem Licht, bis er in seine Straße einbog. Und da, direkt am Rand des Gehwegs, lag es: ein Handy, schwarz, matt, vertraut. Er bückte sich, hob es auf – und erstarrte. Sein Handy. Das, das ihm am Morgen aus der Hand gerissen worden war. Kein Zweifel. Keine Verwechslung. Die kleine Delle am Rand, der Riss in der Schutzhülle – alles war da. „Seltsame Welt", murmelte er, und in seinem Kopf klang es wie: Manchmal will einem das Leben etwas zurückgeben. Er steckte das Gerät in die Tasche, schloss daheim leise die Tür hinter sich, legte sich aufs Bett – und schlief ein, ohne zu ahnen, dass das Ungewöhnliche eben erst begonnen hatte.

Der nächste Tag begann, als hätte er ein schlechtes Gewissen. Jens wachte rechtzeitig auf, ohne Wecker, ohne Flüche, ohne Hast. Der Morgen war still, beinahe freundlich – und in dieser Stille schien selbst der Kaffee milder zu schmecken. Es war Freitag. Der letzte Arbeitstag. Die Aussicht auf ein Wochenende in der Natur, mit Freunden, Zelten und dem leisen Knistern von Grillkohlen, verlieh dem Tag ein heimliches Leuchten. Zum ersten Mal seit Langem fühlte Jens sich nicht als Getriebener, sondern als jemand, der der Zeit ein paar Schritte voraus war.

Doch was er sah, ließ ihn innehalten. Keine Fotos. Kein einziges Bild. Nur ein Video. Jens runzelte die Stirn. Er war sich sicher, kein Video aufgenommen zu haben – nicht bewusst. Er erinnerte sich an das Klicken der Kamera, an die Pose seiner Freunde, an das Lachen im Sucher. Aber ein Video? Niemals. Und doch war da eines. Ein einzelner Eintrag, knapp zwei Minuten lang. Ohne Titel. Ohne Vorschaubild. Neugier schob die Unsicherheit zur Seite. Er tippte auf das Symbol – und das Video begann zu spielen.

Das Blut gefror ihm in den Adern. Auf dem Bildschirm sah er einen jungen Mann, kaum älter als zwanzig, lachend, unbeschwert, zusammen mit Freunden auf einer Kanufahrt. Das Wasser glänzte im Sonnenlicht, Vögel zogen über das Bild. Für einen Moment war alles nur Erinnerung an Leichtigkeit. Jens blinzelte. Er kannte diese Gesichter nicht. Und doch... er war sich sicher, diese Gruppe am Wochenende auf dem Campingplatz gesehen zu haben – ein paar Parzellen weiter, vielleicht. Im Video glitt das Kanu unter eine schmale Brücke. Auf der Brücke spielten Kinder, warfen kleine Steine ins Wasser, ohne böse Absicht, nur aus Neugier an der Bewegung. Einer dieser Steine traf den jungen Mann am Kopf. Er kippte zur Seite, regungslos, fiel ins Wasser. Dann wurde das Bild schwarz. Für den Bruchteil einer Sekunde. Und dann erschien er. Groß. Dunkel. Der Sensenmann. Nicht in Klischees gehüllt, sondern still, durchdringend, mit einer Präsenz, die keinen Zweifel ließ. Er füllte den Bildschirm wie ein Urteil. Dann endete das Video.

Jens hatte es rechtzeitig aus dem Bett geschafft. Er stand pünktlich auf der Arbeit, saß an seinem Schreibtisch, als hätte die Nacht ihm nichts anhaben können. Doch die Wahrheit lag tiefer: Sein Schlaf war flach gewesen wie das Atmen eines Ertrinkenden. Sein Traum hatte ihn nicht losgelassen. In der Frühstückspause griff er zur Zeitung seines Kollegen – aus Gewohnheit, nicht aus Interesse. Sein Blick wanderte über die Spalten, suchte unbewusst nach Ablenkung. Dann erstarrte er. Brücke – spielende Kinder – Steine – Kanufahrt – junger Mann – bewusstlos – ertrunken. Wort für Wort riss es an ihm wie kalter Wind. Es war keine Geschichte mehr. Es war passiert. Genau so, wie das Video es gezeigt hatte. Kein Bild war getäuscht gewesen. Kein Zufall war im Spiel. Die Zeitung raschelte in seinen zitternden Händen wie ein Laken auf einem Sterbebett.

Jens schleppte sich durch den Rest des Tages, funktionierte irgendwie, sprach wenig. Als er endlich zu Hause war, schloss er die Tür hinter sich, als könne er das Grauen damit aussperren. Er setzte sich nicht. Er schaltete keinen Fernseher ein. Stattdessen stand er lange am Fenster, starrte hinaus in eine Welt, die plötzlich fremd wirkte. Was war das? Ein Zufall? Ein schlechter Scherz? Ein Blick in etwas, das keiner sehen sollte? Er zog sein Handy aus der Tasche, hob es an – und machte ein

Foto vom Straßenrand vor dem Fenster. Ein Test. Nur um zu sehen, ob alles noch... normal war. Dann öffnete er die Galerie. Nichts. Kein Bild. Kein Video. Keine Daten. Keine Spur. Als hätte das Gerät es verweigert den Moment festzuhalten. Als wäre er gar nicht da gewesen. Ein kalter Schauder kroch Jens den Rücken hinab. Denn was keine Erinnerung speichert – kennt keine Zeugen mehr.

Am nächsten Morgen brachte Jens das Handy zur Reparatur. Er sagte nicht viel, formulierte seine Worte vage, als wolle er selbst nicht glauben, was er erzählte. Der Mitarbeiter nickte höflich, nahm das Gerät entgegen, versprach einen schnellen Blick. Schon am Nachmittag rief die Werkstatt zurück. Kein Fehler gefunden. Alles funktioniere einwandfrei, sagte die Stimme am Telefon. Jens holte das Gerät ab. Der Techniker, ein junger Mann mit Brille und einem fast amüsierten Blick, lächelte. „Schauen Sie, ich mach jetzt einfach ein Foto von Ihnen – dann sehen Sie's selbst." Er hob das Handy, drückte ab. „Und hier – Galerie. Da ist es. Und hier sind die von Ihrem Campingausflug." Er scrollte. Jens trat näher, starrte auf das Display. Leere. Kein Bild. Kein Camping. Kein Foto von eben. Nur die schwarze Galerie – wie ein stummes Grab. Der Mitarbeiter redete weiter, zeigte scheinbar die Fotos, kommentierte sie beiläufig. Jens sagte nichts. Er nickte, bezahlte, steckte das Handy ein. Und ging. Mit einem Schweigen, das schwerer wog als jede Antwort.

Auf dem Heimweg drängte es in Jens wie ein Jucken unter der Haut. Er musste es wissen. Jetzt. Endgültig. War er verrückt? Oder war es die Welt, die zu lügen begann? Er blieb stehen, zog das Handy aus der Tasche, hob es an – und drückte ab. Nur ein Foto. Vom Marktplatz. Menschen, Straßen, Bewegung. Er öffnete die Galerie. Ein Video. Schon wieder. Die Hände wurden ihm kalt. Trotzdem tippte er auf das Symbol. Das Video begann. Die Kamera schwebte über dem Marktplatz, als wäre sie nicht in einer Hand, sondern in einem Blick. Menschen liefen durcheinander, lachten, trugen Taschen, redeten. Dann trat eine junge Frau ins Bild. Blond, Anfang zwanzig, das Gesicht halb verborgen hinter ihrem Smartphone. Sie überquerte die Straße, ohne aufzusehen. Ein Auto kam. Langsam, aber zu schnell für diesen Moment. Kein Bremsen. Kein Ausweichen. Der Aufprall war still. Dann: Schwarz. Dann: Er. Der Sensenmann, bildschirmfüllend. Keine Bewegung. Kein Ton. Nur die unausweichliche Stille seines Blickes. Das Video endete. Jens stand da, wie festgenagelt in der Welt, die sich weiterdrehte, als hätte sie nichts gesehen.

Jens ließ den Blick über den Marktplatz schweifen. Sein Atem ging flach, die Gedanken wirbelten. Dann sah er sie. Die junge Frau mit dem blonden Haar stand an einem mobilen Kaffeestand, bestellte einen Becher, lachte über irgendetwas. Nichts an ihr verriet, dass sie dem Tod schon begegnet war – oder vielmehr: noch begegnen sollte. Mit dem Kaffee in der Hand schlenderte sie weiter, langsam, unbeschwert. Dann blieb sie stehen, griff in ihre Handtasche, zog das Handy hervor. Ihre Augen verloren sich im Display. Und sie ging. Richtung Straße. Jens riss sich los aus seiner Erstarrung, rannte los, stieß Menschen zur Seite, schrie nicht, dachte nicht – er handelte. Kurz vor dem Bordstein erreichte er sie, packte ihren Arm. Sie fuhr herum, erschrocken, empört. In diesem Moment raste ein Auto an ihnen vorbei, nur Zentimeter von ihrem Körper entfernt. Sie starrte ihn an – nicht mit Dank, sondern mit Zorn. „Spinnst du?! Was fällt dir ein?" schrie sie, riss sich los und ging weiter, ohne sich umzusehen. Jens wollte ihr etwas zurufen, irgendetwas, das sie verstehen ließ, was gerade geschehen war. Doch dann vibrierte sein Handy. Ein Signal. Eine Nachricht. Der Bildschirm leuchtete. Er sah hin – und die Worte brannten sich in seine Gedanken: „Eins von dreizehn."

Jens steckte das Handy in die Jackentasche und lief, ohne weiter zurückzublicken, nach Hause. Die Straßen waren wie aus Watte, das Licht der Laternen zu grell, die Welt zu fremd. Zuhause angekommen schloss er die Tür, als wolle er etwas draußen halten, das längst in ihm war. Er setzte sich an den Küchentisch, zog das Handy hervor – und starrte erneut auf die Nachricht. „Eins von dreizehn." Keine Absenderkennung. Nur eine Nummer. Er tippte sie in die Suchmaschine, scrollte durch Foren, Tabellen, Datenbanken. Nichts. Diese Vorwahl existierte nicht. Nicht in Deutschland. Nicht irgendwo sonst. Er spürte keinen Schock mehr. Nur eine kalte Klarheit. Dann, mit zögerlichen Fingern, schrieb er zurück. „Wer bist du? Was soll das?" Er starrte auf den gesendeten Text, als könnte er darin etwas erkennen, das sich zwischen den Buchstaben verbarg. Keine Antwort. Nur Stille. Aber eine, die wartete.

Dann – ein leises Vibrieren. Eine neue Nachricht. „Kannst du dir das nicht denken? Du hast mich in den Videos gesehen." Jens' Finger wurden kalt. Er musste die Worte nicht zweimal lesen. Denn er wusste es. Er hatte ihn gesehen – im Wasser, auf der Brücke, am Ende des Videos. Den Sensenmann. Die Gestalt, die nicht drohte, sondern bestand.

Dann – ein leises Vibrieren. Eine neue Nachricht. „Kannst du dir das nicht denken? Du hast mich in den Videos gesehen." Jens' Finger wurden kalt. Er musste die Worte nicht zweimal lesen. Denn er wusste es. Er hatte ihn gesehen – im Wasser, auf der Brücke, am Ende des Videos. Den Sensenmann. Die Gestalt, die nicht drohte, sondern bestand. Jens starrte auf die Antwort. Dann tippte er weiter. „Und die Antwort auf meine zweite Frage?" Ein Augenblick verging. Zwei. Drei. Dann vibrierte das Handy erneut. „Du zahlst nicht. Du wirst nicht belohnt. Du wirst nur gebraucht." Mehr nicht. Kein Name. Kein Grund. Nur diese drei Sätze. Sie standen da wie Stein auf Papier. Unverrückbar. Jens legte das Handy langsam auf den Tisch. Er fühlte keine Angst mehr. Nur eine seltsame, schwere

Ruhe. Wie jemand, der gerade erfahren hat, dass er nicht verloren ist – sondern eingespannt.

Genervt, erschöpft, mit einem Schmerz hinter den Augen, der keinen Namen hatte, tippte Jens auf seinem Handy. „Was soll der Scheiß? Wer bist du? Warum verarschst du mich?" Er schickte die Nachricht ab, ohne darüber nachzudenken. Ohne auf eine Antwort zu warten. Dann legte er das Handy auf den Nachttisch, schaltete das Licht aus und zog die Decke über sich, als könne sie ihn schützen vor dem, was längst in ihm wohnte. Doch der Schlaf kam nicht als Erlösung. Er kam als Wiederholung. Wieder war da die Frau. Die Blonde vom Marktplatz. Sie schrie ihn an, mit denselben Worten wie am Tag: „Was fällt dir ein?" „Fass mich nicht an!" Aber diesmal gingen ihre Augen tiefer. Wütender. Verletzter. Und Jens stand nur da, reglos, wie ein Mann, der etwas retten wollte und dabei nur Stille erhielt. Als er am Morgen erwachte, fühlte er sich nicht ausgeruht. Nur leer. Wieder eine Nacht ohne Frieden. Wieder ein Tag mit dem Wissen, dass das Handy noch da lag. Und dass es vielleicht schon den nächsten Namen kannte.

Er wollte es nicht tun. Wirklich nicht. Jens hatte sich vorgenommen, das Handy zu ignorieren, es im Schlafzimmer liegen zu lassen, es einfach nur nicht anzusehen. Aber die Neugierde war wie ein Tropfen, der unaufhörlich fiel – nicht laut, nicht schnell, aber stetig. Am frühen Morgen griff er danach. Nur ein kurzer Blick. Nur um sicherzugehen, dass da nichts war. Doch auf dem Display leuchtete bereits die Antwort: „Du weißt doch schon, wer ich bin. Du willst es nur noch nicht glauben." Jens starrte auf die Worte, als kämen sie nicht von einem Bildschirm, sondern aus einem Spiegel, in dem etwas stand, das immer schon hinter ihm war. Er sagte nichts. Aber innerlich spürte er, dass der Tod nicht lügen musste. Er erinnerte nur.

Jens meldete sich krank. Keine große Ausrede, keine gespielte Krankheit. Nur ein kurzer Anruf, heiser gesprochen, mit einer Stimme, die mehr Wahrheit trug, als ihm selbst bewusst war. Dann setzte er sich an den Küchentisch, mit einer Tasse Kaffee, als wolle er damit etwas festhalten, das bereits begann zu entgleiten. Er starrte lange auf das Handy, legte es weg, nahm einen zweiten Kaffee. Er dachte nach. Nicht panisch. Nicht gehetzt. Eher wie jemand, der langsam akzeptiert, dass die Welt einen neuen Riss bekommen hat. Dann schrieb er: „Okay, ich nehme an, dass du es wirklich bist... was bedeutet ‚eins von dreizehn'?" Er legte das Handy auf den Tisch, faltete die Hände, und wartete. Nicht auf Trost. Nur auf eine Wahrheit, die längst in ihm wohnte.

Die Antwort kam sofort. Kein Zögern. Kein Drumherum. Nur Worte, die wie Steine auf den Grund eines Brunnens fielen: „Du hast dreizehn Möglichkeiten. Dreizehn Leben. Dreizehn Male, in denen du eingreifen darfst – um Zeit zu schenken. Mehr Zeit, nicht ewig. Nur mehr. Einmal hast du bereits gewählt." Jens starrte auf die Nachricht. Er las sie mehrmals, als müsse er begreifen, was dort stand, aber auch – was nicht dort stand. Mehr Zeit. Nicht Rettung. Nicht Heilung. Nur: Zeit. Eins von dreizehn. Noch zwölf. Er legte das Handy langsam ab, und ihm war, als würde ein unsichtbares Gewicht auf seine Schultern sinken.

Jens ließ sich Zeit. Er trank seinen Kaffee aus, öffnete das Fenster, lauschte dem Lärm der Welt. Dann griff er wieder zum Handy. Nicht impulsiv, nicht verzweifelt – sondern mit dem stillen Wunsch, ein wenig Klarheit zu gewinnen. Er tippte: „Zeigen mir die Videos, wen ich retten soll? Sind das die Menschen, denen ich Zeit geben darf?" Er schickte die Nachricht ab, lehnte sich zurück und wartete. Im Innersten hoffte er, dass alles so funktionierte – wie ein Spiel mit klaren Regeln. Doch schon die Stille nach dem Senden sagte ihm, dass die Antwort anders klingen würde als er es sich wünschte.

Die Antwort kam spät. Später, als Jens gehofft hatte. Und als sie kam, wünschte er, sie wäre nie geschrieben worden. „Die Videos zeigen dir nur, wem du Zeit schenken kannst. Nicht wem du sollst. Die Entscheidung liegt allein bei dir. Wem du gibst – und wem nicht." Mehr stand da nicht. Aber mehr war auch nicht nötig. Jens starrte auf die Worte, und sie brannten sich in sein Denken wie eine Frage, die niemand sonst zu stellen wagte. Er war kein Retter. Kein Richter. Kein Werkzeug des Schicksals. Er war ein Mensch, dem man das größte aller Geschenke in die Hand gelegt hatte – ohne Anleitung. Und nun begann das eigentliche

Gewicht. Nicht das Sehen. Nicht das Eingreifen. Sondern: das Wählen.

Jens konnte nicht mehr anders. Die Fragen waren zu viele. Zu laut. Zu schwer. Er starrte auf das Handy, die Tasse längst kalt in seiner Hand, und schrieb: „Warum ich? Warum gerade ich? Warum wurde ich ausgewählt?" Er wartete nicht lange. Die Antwort kam nüchtern, wie ein Protokoll ohne Handschrift: „Du warst zur richtigen Zeit am richtigen Ort. Mehr nicht. Es war Zufall." Jens las die Worte – und es war, als fiele etwas in ihm in sich zusammen. Keine Prüfung. Kein tiefer Grund. Kein verborgener Sinn. Nur ein leerer Platz, und ein Finger, der auf ihn gezeigt hatte – ohne Absicht. Er war nicht auserwählt. Er war ausgewählt. Und das war etwas völlig anderes.

Jens saß regungslos da, der Bildschirm vor ihm, die Welt dahinter. Dann schrieb er – leise, aber fest: „Was, wenn ich nicht will?" Er wartete. Nicht lange. Die Antwort kam, und sie war ruhiger als alle zuvor. Und kälter. „Dann passiert nichts. Aber es wird kein Ende für dich geben." Keine Warnung. Keine Bitte. Nur diese Worte.

Die Worte auf dem Display ließen ihn nicht los. Sie hallten nach, leise, beharrlich, wie ein Tropfen, der Stein aushöhlt. „Kein Ende für dich." Jens starrte auf das Leuchten des Bildschirms, als könne er zwischen den Pixeln etwas finden, das ihm entgangen war. Dann schrieb er: „Wie meinst du das? Es wird kein Ende für mich geben?" Ein kurzer Moment Stille. Dann die Antwort. „Solange du nicht gewählt hast, bleibt alles stehen. Für dich. Keine Alterung. Kein Verfall. Kein Tod. Nur die Möglichkeit. Unerfüllt. Unverbraucht. Und das für immer." Jens' Herz schlug schneller. Nicht aus Angst. Sondern aus der ersten Ahnung: Dass Ewigkeit kein Versprechen ist. Sondern ein Urteil.

Jens las die Antwort noch einmal, als wolle er sie in eine andere Bedeutung zwingen. Doch die Worte blieben, was sie waren: klar. kalt. unverrückbar. Er tippte wieder – langsamer diesmal. „Du meinst, ich bin unsterblich, solange nicht alle dreizehn mehr Zeit bekommen haben?" Ein kurzer Moment, dann: „Ja." Jens schluckte. Seine Finger zitterten leicht. „Und was, wenn ich morgen zwölf auf einmal rette?" Die Antwort kam sofort, als hätte sie nur gewartet. „Dann endet es. Nicht dein Leben. Aber deine Aufgabe. Dann wirst du wieder sterben. Irgendwann. Wie vorgesehen." Jens lehnte sich zurück. Er atmete tief durch. Kein Gefühl wollte sich einstellen – kein Triumph, keine Erleichterung. Nur diese eine Erkenntnis: Dass er doch kein Gott war. Nur ein Mensch mit dreizehn Schlüsseln und einer Uhr, die erst weitergeht, wenn er sie bewegt.

Jens starrte lange auf das Display. Die Gedanken rasten, doch etwas in ihm wurde stiller – nicht ruhiger, aber klarer. Er tippte: „Solange nicht alle dreizehn Menschen mehr Zeit bekommen haben, bin ich unsterblich – und du hast keine Macht, mir vorzuschreiben, wen und wann ich die Zeit schenke?" Der Bildschirm blieb einen Moment dunkel. Dann erschien nur ein einziges Wort. „Ja."

Kein Ausrufezeichen. Kein Nachsatz. Kein Tonfall. Nur dieses eine Wort. Unumstößlich. Und in ihm lag alles: Freiheit. Verantwortung. Verdammnis. Jens legte das Handy beiseite. Die Welt draußen drehte sich weiter. Doch in ihm war etwas zur Ruhe gekommen – nicht als Frieden, sondern als Wissen: Dass nichts ihn zwang. Und dass genau das das Schwerste von allem war.

Jens saß lange da. Die Worte, das „Ja", das Versprechen und der Fluch – alles war nun klar. Er hatte den Schlüssel zur eigenen Unsterblichkeit in der Hand. Und elf Mal die Macht, ein Leben zu verlängern, ohne seine Unsterblichkeit zu verlieren. Ein unglaubliches Geschenk. Für andere. Für ihn selbst. Und doch dachte er plötzlich an die blonde Frau. Wie sie ihn angeschrien hatte. Wie sie ihn nicht als Retter gesehen hatte, sondern als Störer. Als Einmischer. Wenn Dank ausbleibt – warum schenken? Vielleicht, dachte er, sollte er sich gut überlegen, wem er dieses Geschenk machte. Jemand, der es verdient. Jemand, der weiß, was es bedeutet. Oder... sollte er einfach schnell handeln? Zwölf Entscheidungen abarbeiten, wie eine To-do-Liste des Schicksals? Schnell frei sein. Wieder sterblich. Wieder normal. Er sah auf das Handy. Es blieb stumm. Aber er wusste: Die nächste Wahl würde bald kommen.

Jens hatte noch immer das Bedürfnis nach letzter Sicherheit. Vielleicht war es Misstrauen. Vielleicht Hoffnung. Vielleicht der verzweifelte Wunsch, dass doch irgendwo ein Fehler im System lauerte.

Er tippte: „Solange nicht alle 13 Geschenke gegeben wurden, bin ich unsterblich – ohne dass du etwas dagegen tun kannst, ohne dass du mir böse bist, ohne jede Konsequenz durch dich?" Die Antwort kam schneller als sonst. „JA." Es war wieder dieses kalte, klare Ja. Endgültig. Unumstößlich. Jens lehnte sich zurück, ließ das Handy sinken, und schloss für einen Moment die Augen. Doch nur Minuten später vibrierte das Gerät erneut. Eine neue Nachricht. Aber diesmal war es keine Antwort. Es war eine Frage. Jens starrte auf den Text. Verwirrt. Denn bisher hatte er gefragt. Und der Tod hatte geantwortet. Doch jetzt... fragte der Tod. Und etwas in Jens begann zu frieren.

Was Jens auf dem Display las, warf ihn nicht nur aus der Bahn – es warf ihn zurück. Zurück auf den Anfang. Auf sich selbst. Er hatte gefragt. Er hatte geprüft. Er hatte gezweifelt, verhandelt, gehofft. Doch nun stand da nur dieser eine Satz. Keine Erklärung. Kein Urteil. Nur eine Frage. Langsam, fast automatisch, las er sie laut vor – als müsste er die Worte hören, um sie wirklich zu begreifen: „Willst du wirklich unsterblich sein?" Der Satz hing im Raum wie kalter Nebel. Er war kein Befehl. Keine Bedingung. Nur eine Tür, die sich öffnete – nach innen. Und Jens wusste: Niemand würde sie für ihn durchschreiten. Niemand würde ihm sagen, was richtig war. Denn die größte Entscheidung kam nicht mit einem Fluch – sondern mit einer Möglichkeit. Und einem stillen Blick, aus der Ewigkeit.

SIEBEN

Vor zwei Jahren: Jens sitzt neben Simone im Konzertsaal. Gedämpftes Licht fällt über rotgoldene Polster, der Atem des Publikums hält kurz inne, als die ersten Takte erklingen. Simone hatte ihm im

Flüsterton zugeraunt, er solle besonders auf die Solistin achten – auf die erste Geigerin. Frau Sonorus, eine Virtuosin von Weltruf, sei zu Gast. Jens versteht nichts von klassischer Musik. Er ist nur ihretwegen hier. Und doch – als die Geige sich erhebt, filigran und klar wie ein Lichtstrahl in dunklem Wasser, spürt auch er, dass hier etwas geschieht. Etwas Echtes. Frau Sonorus spielt nicht nur Geige. Sie spricht mit ihr. Flüstert, weint, singt. Jens, der gekommen war, um Simone einen Gefallen zu tun, sitzt nun still da – und hört einer Stimme zu, die ohne Worte auskommt und dennoch alles sagt.

Elli Sonorus, geboren als Elli Hausmann, trägt ihren Namen wie eine Melodie aus besseren Zeiten. Sie ist eine alleinerziehende Mutter – geworden aus einer Entscheidung, die nicht die ihre war. Ihr Mann, ein griechischer Posaunist mit warmem Lachen und flatterndem Blick, hatte sie kurz nach der Geburt ihrer Tochter verlassen. Kanada, sagte er. Ein Orchester, eine Chance. In Wahrheit: ein Vorwand, um zu fliehen. Vor Windeln, Schreien, Verantwortung. Elli war lange wütend. Aber die Wut hat irgendwann den Weg freigegeben für etwas Größeres. Für Josi. Josi, dieses Kind mit den klaren Augen und der Welt in der Stimme. Sie ist ihr alles – neben der Geige. Die Musik war immer Elli Sonorus' Zuhause. Doch mit Josi zog zum ersten Mal jemand dort ein.

Es war einer dieser Nachmittage, die Elli mochte. Das Konzert war gut verlaufen, das Publikum freundlich, der Applaus warm. Nachmittagskonzerte bedeuteten: noch genug Zeit, um Josi selbst eine Geschichte vorzulesen. Kein hastiger Kuss an der Tür, kein schlechtes Gewissen. Sie verließ das Konzerthaus durch den Nebeneingang, den Geigenkasten in der einen Hand, ein leichtes Lächeln auf den Lippen. Auf der anderen Straßenseite stand Josi, an der Hand von Sophie, dem Kindermädchen. Als sie ihre Mutter sah, leuchtete ihr Gesicht auf. Sie riss sich los. Rannte. Elli hob die freie Hand zum Gruß. Dann kam das Auto. Ein grelles Hupen. Ein harter, dumpfer Laut – wie splitterndes Holz. Das war das Letzte, was Elli je hörte.

Seit zwei Jahren lebt Elli in der Stille. In einer einzigen Sekunde wurde ihr alles genommen: ihre Tochter – und die Musik. Josi und die Geige. Herz und Stimme. Die Ärzte sprechen von einem Rätsel. Organisch sei alles in Ordnung. Das Trommelfell intakt, der Hörnerv unbeschädigt. Rein biologisch, sagen sie, sei sie kerngesund. Und doch ist Elli taub. Nicht so wie Beethoven, der trotz der Stille weiter komponierte, als lausche er dem Kosmos selbst. Elli ist gut, ja. Aber nicht so. Ihr blieb nichts, woran sie sich halten konnte – außer der Erinnerung an einen Klang, der nicht mehr kommt.

Elli sitzt auf ihrer Bank im Park. Immer dieselbe. Der Lack ist abgeblättert, die Bretter rau, aber sie hält. Wie Elli. Sie blickt auf die kahlen Bäume, den Kiesweg, der sich wie ein blasser Gedanke durch das Grün zieht. Und sie erinnert sich. An Josis Lachen. An Musikproben mit schmutzigen Händen, weil sie vorher noch gebastelt hatte. An das Leben, das einmal war. Mehr als einmal hat Elli daran gedacht, alles zu beenden. Aber das wäre eine Sünde. Nicht irgendeine. Eine, die nicht zu sühnen ist. Sie kennt Dantes Divina Commedia. Sie weiß um die Kreise der Hölle, um die Schatten, die sich dort winden. Und irgendetwas in ihr glaubt noch immer daran, dass der Tod nicht bloß Vergessen ist – sondern Prüfung. Also sitzt sie da. Lauscht der absoluten Stille. Und lebt nur noch in Gedanken an eine Zeit, in der die Welt noch Klang hatte.

Der Regen hatte längst begonnen, doch Elli merkte es nicht. Keine Tropfen auf Blättern, kein fernes Grollen drang zu ihr durch. Nur die Stille – wie immer. Bis plötzlich etwas geschah. Eine Melodie. Zuerst wie aus weiter Ferne, kaum greifbar. Dann klarer, heller – und wunderschön. Eine Geige, zart und lebendig. Sie spielte kein Lied, das Elli kannte. Und doch kannte sie es. Es war wie ein Kinderlachen in Tönen, wie ein Schritt über Pfützen, ein Tanz auf Zehenspitzen. Das Tempo schwankte, unberechenbar – so wie Kinder sich bewegen: schleichend, dann rennend, dann abrupt innehaltend, als gäbe es etwas zu entdecken, das nur sie sehen können. Elli hielt den Atem an. Sie hörte. Und sie weinte nicht. Sie wagte nicht, sich zu rühren. Erst als ein kalter Tropfen ihr über den Nacken rann, merkte sie, dass sie längst durchnässt war. Nass bis auf die Haut. Aber das war gleichgültig. Denn sie hatte Musik gehört.

Elli hatte sich eine kräftige Grippe eingefangen. Die durchnässten Kleider, der kalte Wind auf dem

Heimweg – ihr Körper hatte sich ergeben, wie ihr Gehör sich vor zwei Jahren ergeben hatte. Seit Tagen liegt sie nun im Bett. Fieberträume. Halbschlaf. Eine Leere, die nicht einmal mehr Schmerz ist. Und wieder diese Stille. Diese absurde, gleißende, vollkommene Stille. Dann – eine Regung. Keine Bewegung im Raum, kein Licht, das flackert. Nur ein Ton. Eine Melodie. Wie damals. Die Geige singt erneut. Dieselbe lebendige, tänzelnde Linie, als würde ein unsichtbares Kind mit dem Bogen über Ellies Herz streichen. Elli lauscht. Sie merkt nicht, dass es draußen regnet. Sie hört nur die Musik. Und das reicht.

Es war ein gewöhnlicher Tag. Elli kaufte Brot, Milch, eine Packung Taschentücher – das Übliche. Die Gänge im Supermarkt waren kühl, das Neonlicht flackerte leicht. Als sie hinaus trat, spürte sie die ersten Tropfen auf der Stirn. Regen. Und dann – eine Melodie. Wie aus dem Nichts. Zuerst glaubte sie an einen Zufall. Doch da war sie wieder: dieselbe zarte, taumelnde Linie, dieselbe kindliche Unruhe im Rhythmus, derselbe Trost in jeder Note. Elli blieb stehen. Menschen hasteten an ihr vorbei, unter Schirmen, mit hochgezogenen Schultern. Sie aber stand im Regen. Und lauschte. Etwas in ihr regte sich. Ein Verdacht. Eine Ahnung. Am nächsten Tag wartete sie – am Fenster, sehnsüchtig, mit einer Tasse Tee in der Hand. Und als der Himmel sich endlich öffnete und die Tropfen auf das Dach trommelten, kam auch sie zurück: die Melodie.

Die Frau im Reisebüro liest den Zettel ein zweites Mal. Dann ein drittes. Sie schaut auf. Ungläubig. „Das... das soll Ihre Reiseroute sein?" Elli nickt. Kein Zögern. Keine Unsicherheit. Nur eine stille Entschlossenheit in ihrem Blick, wie eingraviert. Die Frau zögert. Runzelt die Stirn. „Sie wären... überall zur Regenzeit. Überall." Elli nimmt den Zettel zurück. Zieht einen Stift aus der Tasche. Unter der letzten Zeile – Fidschi / Samoa, dann wieder von vorn – schreibt sie zwei Worte. Reicht den Zettel zurück. Die Frau liest. Ich weiß.

Der Flieger setzt zur Landung an. Unter ihr breitet sich Indien aus – weites Land, staubige Farben, ein Himmel voller Versprechen. Und da ist sie wieder. Die Melodie. Zuerst nur ein Hauch, dann deutlicher. Als hätte der Wind sie getragen, von weit her, durch Wolken und Zeit. Elli lächelt. Als sie die Gangway hinabsteigt, fühlt sie sich leicht. Kein Geigenkasten, kein Gepäck – nur ein Koffer mit Notwendigstem. Und die Musik in ihrem Herzen. In der Ankunftshalle herrscht das übliche Chaos: Stimmen, Koffer, Umarmungen. Dann – ein kleines Mädchen rennt an ihr vorbei. Barfuß, mit flatterndem Kleid, lachend. Elli hält den Atem an. Denn dieses Kind sieht ihrer Josi so ähnlich, dass ihr das Herz hüpft. Nicht vor Schmerz. Vor Freude. Ein Lächeln huscht über ihr Gesicht – leise wie der Regen, der draußen zu fallen beginnt.

ACHT

Elli trat aus dem Supermarkt, in jeder Hand eine schwere Tüte, das Brot ragte wie ein stummer Zeuge aus dem oberen Rand. Sie blieb stehen. Da war sie wieder – die Melodie. Nicht laut, nicht deutlich, eher wie das leise Singen eines längst vergessenen Schlaflieds in den hinteren Winkeln ihres Bewusstseins. Ihre Stirn glättete sich. Ein Hauch von Wind strich ihr durchs Haar, doch sie spürte nur die Musik. Tom sah sie. Und sah das Brot. Ein warmer Duft wehte zu ihm herüber, lockte wie etwas Verbotenes. Er zögerte nicht. Mit einem Satz stob er los, ein Schatten in Bewegung, flog an Elli vorbei – und entwand ihr mit geübtem Griff das Brot aus der Tüte. Sie merkte nichts. Lauschte nur. Tom bog um die nächste Ecke. In der stillen Gasse hielt er inne, riss die Jacke auf, schob die Beute hinein. Ein ganzes Brot. Frisch. Noch warm. Drei Tage lang würde er keinen Hunger leiden. Vielleicht, dachte er, sei heute ein guter Tag zum Leben.

Tom, so wie er rechnete, war er dreizehn. Seit drei Jahren auf der Straße – wenn seine Erinnerung ihn nicht trog. Niemand vermisste ihn. Niemand suchte. Das Jugendamt hatte ihn damals geholt, wegen „Gefährdung des Kindeswohls", so hatten sie gesagt. Er verstand nicht alles. Aber er verstand genug. Zu Hause – wenn man es so nennen wollte – gab es nur Alkohol und Schreie. Der Mann, den er nie Vater nannte, war ein Pulverfass auf zwei Beinen. Die Schläge kamen ohne Warnung, manchmal nur, weil er im falschen Moment atmete. Im Heim war es besser. Irgendwie. Die Erwachsenen waren in Ordnung. Nicht kalt, nicht grausam. Aber die anderen Kinder... Nein. Es war kein Ort für ihn. Sie traktierten ihn mit Worten, mit Blicken. Das Wort dafür sei „Mobbing", hatte eine Betreuerin einmal gesagt, als ob ein Begriff etwas ändern würde. Also ging er. Weg. Einfach weg. Und blieb draußen. Weil dort wenigstens niemand so tat, als wäre alles in Ordnung.

Tom erreichte seinen Schlafplatz, als der Himmel langsam ins Bleigraue kippte. Das alte Abrisshaus lag am Rand der Stadt, halb verfallen, halb vergessen – und bisher unentdeckt von anderen. „Sein Zimmer" war ein Raum ohne Tür, aber mit vier Wänden, die den Wind nur halb draußen hielten. In der Ecke liegt eine Matratze, eingesunken wie eine Erinnerung. Daneben eine alte Kommode, ein dreibeiniger Hocker, und drei Kerzen, deren Wachs sich in zarten Spuren über das Holz ergoss. Er zog die oberste Schublade auf. Das Brotmesser war alt, stumpf, ein wenig rostig an der Klinge, aber es schnitt noch. Tom teilte den Laib in drei Stücke. Für drei Tage. Er biss in das erste. Es war noch leicht lauwarm – und schmeckte ihm wie anderen Kindern eine Tafel Schokolade. Er lächelte. „Wenn da jetzt noch eine Salami rausgeschaut hätte..." Er stellte sich vor, wie sie duftete, wie der Fettfilm sich auf dem Brot ausbreitete, wie das Salz sich mit der Krume vermischte. Das wäre ein Festessen gewesen.

Nach dem Mahl zog Tom die Knie an die Brust und kauerte sich auf die Matratze. Schlafen, nicht liegen – das war seine Art zu ruhen. Draußen hatte es geregnet, seine Kleidung war noch feucht, klamm auf der Haut, aber er zuckte nicht. Die

Nächte waren längst kühl geworden, der Herbst schlich durch die Ritzen des Gemäuers. Und doch – er schlief rasch ein. War es Übung? Oder war es Flucht? Er wusste es nicht. Nur dass der Schlaf der einzige Ort war, an dem ihn nichts berührte. Keine Kälte. Kein Hunger. Kein Gestern. Im Schlaf war er allein – aber nicht einsam. Im Schlaf war er mit sich und der Welt zufrieden.

Und mit dem Schlaf kam wieder der Traum. Wie jede Nacht. Doch wenn Tom erwachte, war nichts davon geblieben. Kein Bild, kein Laut, kein Gedanke. Nur ein Gefühl – wie der Schatten eines Lächelns. Jetzt aber schlief er. Und er war mittendrin. Er ging durch das Haus. Nicht das zerfallene am Stadtrand – nein, ein anderes. Größer. Viel größer. Wie groß, das wusste er nicht. Nur dass er nie zweimal denselben Raum betrat. Außer die Küche. Die kannte er. Sie war warm. Immer warm. Dort aß er. Nicht gierig, nicht hastig, sondern still – wie jemand, der weiß, dass alles da ist, was er braucht. Ein Apfel zur Vorspeise, knackig, süß. Dann ein Teller Kartoffelsuppe, dampfend. Manchmal mit einer Bockwurst darin. Zum Nachtisch ein oder zwei Butterkekse – nicht mehr. Und Wasser. Reines, klares Wasser, aus einem sauberen Glas. Es war ein Fest. Jede Nacht. Ein Fest, das niemand sah – außer ihm.

Tom genoss sein Mahl. Die Wärme der Suppe. Das weiche Knistern des Herdfeuers. Der Duft von Holz und etwas Süßlichem, das nur im Traum so roch. Dann – eine Stimme. „Darf ich mit dir zusammen essen?" Tom sah auf. In der Ecke, halb verborgen im Rauch, schälte sich eine Gestalt heraus. Ein junger Mann – deutlich älter als er selbst. Vielleicht Mitte zwanzig. Schmale Schultern, tiefe Augen. Kein Lächeln, aber auch kein Misstrauen. „Keine Angst", sagte der Fremde. „Ich nehme dir nichts weg. Ich habe mein eigenes Festmahl." Tom nickte langsam. Er wies auf den Platz gegenüber. Der Mann setzte sich. Sie aßen. Still. Ohne Fragen. Ohne Namen. Nur das Kauen, das leise Schaben der Löffel in den Tellern, das Knacken des Holzes im Feuer. Zwei, die sich nichts erklärten. Zwei, die das Schweigen verstanden. Und etwas, das wie Frieden war – für einen Moment.

Wieder war ein Tag vergangen. Wieder hatte Tom ihn überlebt. Heute hatte er kein Glück gehabt. Kein vergessener Apfel, kein offenes Herz, kein Geldstück auf dem Boden. Aber das machte nichts. Er hatte noch zwei Stücke Brot. Er zählte sie oft, auch wenn er sie kannte. Zwei. Noch zwei. Er kauerte sich auf die Matratze, zog die feuchten Ärmel über die Hände, aß langsam. Kauen. Schlucken. Nicht denken. Dann schloss er die Augen. Der Hunger war gedämpft. Und der Schlaf kam wie immer – schnell, lautlos, gnädig.

Tom betrat die Küche. Das Licht war weich, golden, wie immer. Doch diesmal war er nicht allein. Der junge Mann saß bereits am Tisch, eine dampfende Schale vor sich, die Hände gefaltet, als hätte er auf etwas gewartet. Oder auf jemanden. „Ah, endlich", sagte er. „Ich habe schon gewartet. In

Gesellschaft schmeckt es besser. Aber gleich hätte ich angefangen – ich habe Hunger." Tom nickte. Er setzte sich. Sie aßen, wie beim letzten Mal – schweigend, langsam, mit jener feierlichen Ruhe, die der Hunger manchmal mit sich bringt. Als Tom zum Dessert kam, seinem einen Butterkeks, blickte er hinüber. Der Mann kaute noch. Tom fragte leise: „Wer bist du?" Der andere lächelte. Nicht spöttisch. Nicht geheimnisvoll. Nur warm. Der junge Mann kaute zu Ende, wischte sich mit dem Handrücken den Mund ab und sah Tom an. „Wenn ich mich richtig erinnere, heiße ich Kay", sagte er dann ruhig. „So nennen mich die anderen jedenfalls hier. Also muss ich bei meiner Ankunft das wohl als meinen Namen gesagt haben." Tom staunte. Ein Name. Ein richtiger Name. Etwas, das man festhalten konnte. „Die anderen?", fragte er. Kay öffnete den Mund, als wollte er antworten – doch der Raum begann zu flackern. Das Licht zuckte. Die Geräusche verloren ihre Tiefe. Tom spürte, wie sich etwas in ihm löste. Die Wärme der Küche wich, das Knistern des Herdfeuers verstummte – und dann war da nur noch Dunkelheit. Er schlug die Augen auf. Kälte. Nässe. Ein ferner Straßenlärm. Morgengrauen. Er lag auf seiner Matratze, in seinem „Zimmer", zwischen bröckelndem Putz und dem Geräusch tropfenden Wassers. Langsam richtete er sich auf, rieb sich die Augen. Der Geschmack von Brot war noch da. Aber Kay? Der Name verblasste schon. Wie der Traum. Wie alles, was gut war.

Heute hatte Tom ein wenig mehr Glück. Am Tisch eines Imbisses, nahe der Auslage, stand eine Pappschale mit Currywurst und Pommes – dampfend, würzig, unbeaufsichtigt. Warum, wusste Tom nicht. Aber er zögerte keine Sekunde. Schnell schnappte er sich den schmackhaften Schatz und verschwand um die nächste Ecke. Der Spieß fehlte. Aber das war ihm egal. Er aß mit den Händen – zuerst die Pommes, noch heiß, außen knusprig, innen weich. Dann die Wurst, mit dicker, roter Soße überzogen. Er konnte sich kaum erinnern, wann er zuletzt etwas Warmes gegessen hatte. Hinter der Ecke hörte er eine Stimme. Laut. Eine Frau – empört, schimpfend, fordernd. „Wo ist meine Currywurst? Ich war doch nur kurz weg! Der Spießer fehlte!" Tom hörte sie. Aber er bezog es nicht auf sich. Er war schon längst weitergezogen – in Gedanken, im Magen, im Leben.

Am Abend saß Tom auf seiner Matratze und hielt das letzte Stück Brot in der Hand. Er drehte es zwischen den Fingern, roch daran, spürte die trockene Rinde an seiner der Haut. Er hatte heute gegessen. Gut gegessen. Warm. Ein Festmahl. Er steckte das Brot zurück in die Schublade der Kommode. Nicht heute. Morgen. Morgen würde er es brauchen. Da war er sich sicher. Noch während er das dachte, schloss sich der Schlaf über ihm – leise, schwer, wie ein alter Vorhang. Und wieder war er in der Küche. In seiner Küche. Das Licht war warm, der Herd brannte, der Tisch war gedeckt. Und Kay saß schon da. Wartend. Er lächelte, als Tom eintrat. „Ich wusste, dass du kommst", sagte er nur.

Tom setzte sich an den Tisch. Kay sah ihn an. „Isst du heute nichts?", fragte er. Tom schüttelte leicht den Kopf. „Ich hatte heute Currywurst. Mit Pommes." Kay nickte langsam. Dann sagte er: „Schade. Doppelt schade." Tom zog die Augenbraue hoch, eine kleine Bewegung nur, aber deutlich. Kay bemerkte es. „Erstens", sagte er, „weil's alleine nicht so gut schmeckt." Er lächelte kurz. Dann wurde sein Blick fern. „Und zweitens, weil ich seit Äonen keine Currywurst mehr gegessen habe. Ich weiß nicht mehr, wie sie schmeckt." Er sah Tom an, ruhig, ohne Klage. „Aber ich erinnere mich, dass ich sie mochte. Sehr sogar." Ein Moment verging, in dem nichts zu hören war außer dem leisen Knacken des Feuers.

Tom stand wortlos auf, ging zum Herd und schöpfte sich einen Teller Suppe. Nicht aus Hunger. Sondern weil er wollte, dass es Kay besser schmeckte. Er setzte sich zurück an den Tisch. Kay lächelte. Ein stilles, dankbares Lächeln. Sie aßen eine Weile, schweigend, wie alte Freunde. Dann hob Tom den Blick. „Du sagtest etwas von anderen?" Kay kaute noch, nickte, schluckte. Denn mit vollem Mund sprach man nicht. „Ja", sagte er schließlich. „Hier sind viele. Ganz viele." Er sah in die Flamme des Herdes, als könnte er dort ihre Gesichter erkennen. „Fast keiner weiß noch viel über sich selbst. Namen verschwimmen, Erinnerungen zerfallen.

Aber alle wissen eins: Dass sie nicht vergessen werden wollen. Und dass sie es wurden."

„Warum sehe ich die anderen nicht?", fragte Tom leise. Kay legte den Löffel ab, sah ihn lange an. „Weil sie Angst vor den Lebenden haben." Tom runzelte die Stirn. „Aber ich tu doch niemandem was." „Du lebst noch", sagte Kay. „Du bist nur im Traum hier. Und das macht ihnen Angst. Sie spüren das Leben in dir – es ist laut, grell, schwer für sie. Wie ein helles Licht in einem dunklen Zimmer." Tom schwieg. Dann: „Und warum hast du keine Angst?" Kay zuckte leicht mit den Schultern. „Weil alleine essen einfach nicht so gut schmeckt wie gemeinsam essen." Er lächelte. „Ich will, dass es dir besser schmeckt. Wenigstens im Traum."

Ein leises Räuspern aus der Ecke. Tom drehte den Kopf. Kay auch. Eine Frau trat vorsichtig aus dem Schatten. Dunkles Haar, schmale Gestalt, die Hände gefaltet wie zum Schutz. „Nancy?", fragte Kay ungläubig. „Was machst du hier?" Doch Nancy antwortete nicht. Sie sah nur Tom an – nicht ängstlich, nicht feindlich. Eher: prüfend. Und dann bewegte sich etwas hinter ihr. Weitere Gestalten traten hervor. Langsam. Zögernd. Ein Mann mit schütterem Haar. Ein Mädchen mit Zöpfen. Ein älterer Herr mit Stock. Kay stand auf. „Jürgen? Peter? Susi?" Seine Stimme war leise, fast erschrocken. „Ihr auch? Was macht ihr hier?" Doch niemand antwortete. Sie alle sahen nur Tom an. Und irgendetwas in ihren Blicken war anders als zuvor – keine Angst.

Frau Engel – so nennen sie die anderen Obdachlosen, weil niemand ihren wirklichen Namen kennt, aber weil sie teilt, immer, alles, das Wenige, das sie hat – kniete vor Toms Matratze. Sie rüttelte ihn. Zuerst vorsichtig. Dann fester. Dann mit wachsender Verzweiflung. „Tom?", flüsterte sie. „Tom?" Keine Antwort. Nur Stille. Nur Kälte. Nur ein zu ruhiger Brustkorb. Frau Engel tastete nach ihrem Handy – ein altes Modell, kein Internet, keine Apps, nur Tasten, nur Funktion. Mit zitternden Fingern, mit Tränen in den Augen, wählte sie drei Ziffern. Eins. Eins. Zwei.

NEUN

Frau Schmidt bewegte sich hastig durch den Krankenhausflur – zumindest aus ihrer eigenen Sicht. In Wahrheit war ihr Tempo gemessen, von Schwere gebremst, als wog sie die Eile mit jedem

Schritt gegen Jahre des Überflusses ab. Ihr Leib füllte beinahe die gesamte Breite des Gangs aus, ein Bollwerk aus Fleisch und Atemnot, das schnaufend dem Bereitschaftszimmer des Stationsarztes entgegentaumelte. Es war ein schrecklicher Tag. Zuerst war ihre Currywurst mit Pommes verschwunden – einfach weg, vom Tablett geraubt wie ein Heiligtum –, und dann, kaum hatte sie den ersten Fluch zu Ende gedacht, kam der Anruf. Krankenhaus. Man wollte ihr nichts Genaues sagen. Nur dass sie kommen müsse. Sofort. Und so schleppte sie sich nun mit dem Gewicht viel zu vieler Currywürste, nicht wissend, was schwerer wog: die Jahre in ihrem Rücken oder die Angst, die sich unbemerkt in ihre Schritte geschlichen hatte.

Sie klopfte an die Tür des Bereitschaftszimmers – wenn man es denn Klopfen nennen konnte. Es war mehr ein dumpfes, forderndes Poltern, wie von einer Faust, die Türen nicht respektierte, sondern bezwang. Ohne das leiseste Zögern, ohne ein Abwarten auf ein „Herein", drückte sie die Klinke hinunter und zwängte sich durch den Türrahmen. Es war ein mühseliges, fast schon akrobatisches Manöver, bei dem man unweigerlich an eine Rakete denken musste, die, dem alten Sprichwort folgend, eben durch das Kinderzimmer geschossen war – mit allem, was das an Trümmern hinterlässt. Frau Schmidt war kein Mensch feiner Manieren. Höflichkeit lag ihr so fern wie Fitness – und wer sich an ihr rieb, vermutete rasch fehlende Erziehung oder ein trotziges Aufbegehren gegen jede Form von

Feinsinn. Doch sie war da. Ganz und gar. Und sie würde sich Gehör verschaffen – ob man wollte oder nicht.

Der Arzt fuhr erschrocken hoch, als die Tür aufschwang – beinahe hätte er seinen Kaffee über das Protokoll gekippt, das noch zwischen seinen Händen lag. Frau Schmidt stand bereits mitten im Raum, den Blick fest auf ihn gerichtet, die Stirn gerunzelt vor Unmut und Ungewissheit. „Also, was ist jetzt mit meinem Mann?" polterte sie los, ohne Luft zu holen. „Am Telefon wollten Sie ja nicht rausrücken mit der Sprache." Normalerweise hätte er sich aufgerichtet, die Stimme gestrafft, sie zurechtgewiesen: ein höfliches „Guten Tag", ein korrektes Anklopfen, das war doch wohl das Mindeste. Doch in diesem Moment ließ er es bleiben. Was er ihr gleich würde sagen müssen, war schwer genug. Da war kein Platz für Etikette, keine Kraft für Regeln. Es war einer dieser Augenblicke, in denen selbst die Sprache des Anstands verstummt – weil das, was kommt, lauter ist als jede Form.

Der Arzt senkte die Stimme, sein Blick wich nicht von Frau Schmidt, und doch schien etwas in ihm auf Abstand zu gehen – ein Reflex der Routine, ein Schutzschild gegen das, was gleich ausgesprochen werden musste. „Frau Schmidt," begann er leise, mit einem Hauch von Mitleid in der Stimme, „leider muss ich Ihnen mitteilen, dass Ihr Mann vor etwa fünfzehn Minuten verstorben ist. Wir wissen noch nicht, warum – seine Werte waren stabil, er war eigentlich auf dem Weg der Besserung." Frau

Schmidt rang nach Luft, als hätte der Satz ihr das Zwerchfell zerschlagen. Sie taumelte rückwärts, tastete nach Halt und ließ sich auf einen Stuhl fallen. Das Möbelstück ächzte leise unter ihrem Gewicht – ein gedehnter, klagender Laut, der sich wie eine schiefe Note in die Stille stahl. Für einen kurzen Moment durchzuckte den Arzt die banale Angst, der Stuhl könnte nachgeben. Doch er hielt. Und der Arzt war erleichtert, dass ihm dieses letzte Schauspiel – dieser Bruch im Sichtbaren – erspart geblieben war.

Sie war allein mit ihm. Das Summen der Geräte war verstummt, der Raum still bis auf das leise Klicken der Uhr an der Wand. Frau Schmidt stand am Bett, gebeugt, als hätte man ihr das Rückgrat geknickt. Ihre grobe Art, ihr polterndes Wesen – all das war von ihr abgefallen wie ein schwerer Mantel, der im Angesicht des Todes keinen Platz mehr fand. Ihre Hand umschloss seine – groß, schwielig, doch nun weich und reglos. Sie strich mit dem Daumen über seine Fingerknöchel, als wollte sie ihn noch einmal spüren, als wäre dort irgendwo noch ein Rest von ihm zu finden. „Ach Jochen," flüsterte sie, „warum denn nur?" Mehr sagte sie nicht. Mehr war nicht zu sagen.

Frau Schmidt saß auf der harten Bank im Innenhof des Krankenhauses. Der Beton unter ihren Füßen war noch vom Regen des Morgens dunkel, und über die Hecke hinweg drang der Lärm der Stadt wie durch Watte an ihr Ohr. Ab und zu huschte ein Patient vorbei – manche mit rauchenden Fingern,

117

andere geführt von Besuchern, die sich eine Runde frische Luft gönnten, vielleicht auch einen Moment Schweigen. Sie hatte das Handy auf dem Schoß. Ihre Finger bewegten sich langsam über das Display, als müsse sie jede Nummer erst aus der Vergangenheit holen. Zuerst rief sie Jochen Bruders an – die Stimme am anderen Ende verstummte, als sie die Nachricht sagte. Dann folgte sein bester Freund, dann ihre eigene beste Freundin. Schließlich der Gartennachbar, mit dem sie so viele laue Abende geteilt hatten, rauchend, lachend, mit einem Bier in der Hand. „Wir wollten doch grillen, wenn er rauskommt", sagte sie am Ende des Gesprächs – mehr zu sich selbst als zum Hörer. Der Gartennachbar schwieg einen Moment. Dann sagte er: „Ich mach den Grill trotzdem an. Für Jochen."

Während Frau Schmidt auf der Bank saß, mit dem Gewicht ihrer Anrufe und Erinnerungen, wurde ihr Mann langsam durch die Gänge des Krankenhauses geschoben. Zwei Pfleger, schweigend, routiniert, führten das Bett in einen Nebentrakt, dann in den Aufzug, dann tiefer – bis in den gekühlten Keller, wo die Luft anders roch und die Zeit sich anders anfühlte. Hier lag er nun. Jochen. In einem Raum, dessen Wände das Atmen vergaßen. Bis der Pathologe Zeit hatte, würde er hier verweilen, zwischen anderen Toten, die ebenfalls noch Antworten schuldig waren. Im Krankenhaus war man vorsichtig geworden. Alte Menschen starben – ja, oft, und meistens war es einfach die Zeit. Aber ein Mann Anfang fünfzig? Da fragte man. Da forschte man. Denn hier war nichts selbstverständlich. Nicht einmal der Tod.

Noch bevor Jochen die Augen öffnete, spürte er sie – eine schneidende, durchdringende Kälte, die sich in seine Haut fraß wie tausend kleine Nadeln. Warum ist es so verdammt kalt?, dachte er benommen. Kein Gedanke an Schmerz, kein klares Erinnern. Nur Frost. Überall Frost. Dann schlug er die Augen auf. Doch statt der vertrauten Decke seines Krankenzimmers sah er – nichts. Nur Schwärze. Eine absolute, undurchdringliche Dunkelheit, die sich nicht wie Nacht anfühlte, sondern wie etwas Stummes, Starres, das ihn umschloss. Und da war etwas auf seinem Gesicht. Ein Tuch. Jochen lag still, reglos, sein Atem wurde flacher. Warum liegt ein Tuch auf meinem Gesicht? Der Gedanke wiederholte sich, wurde lauter, panischer, riss an seinem Bewusstsein. Er wollte es greifen, wegreißen – doch seine Hände gehorchten ihm noch nicht. Etwas stimmte nicht. Alles stimmte nicht.

Nach einigen endlosen Augenblicken gelang es Jochen, das Tuch von seinem Gesicht zu ziehen. Der Stoff war kalt, feucht vom eigenen Atem – aber er brachte keine Erleichterung. Es blieb dunkel. Und still. Vorsichtig richtete er sich auf. Seine Glieder schmerzten, steif vom Liegen, doch sie gehorchten. Mit tastenden Händen setzte er einen Fuß vor den anderen. Gleich zweimal stieß er gegen etwas Hartes, Metallisches – Betten vermutlich, so wie das, auf dem er gelegen hatte. Die Geräusche hallten dumpf in der Finsternis, als wäre selbst der

Klang gefangen in diesem Raum. Schließlich erreichte er eine Wand. Verwundert tastete er über die Oberfläche. Kacheln. Glatt, kalt, feucht. Eine gefliese Wand – kein Detail, das zu einem Krankenzimmer passte. Kein Fenster. Kein Geräusch von draußen. Er schob sich seitwärts, Schritt für Schritt, bis seine Finger plötzlich auf etwas stießen. Ein kleiner Widerstand – ein Schalter? Jochen hielt den Atem an. Vielleicht ist es nur das Licht. Er drückte.

Ein leises Klicken. Dann ein Zögern. Mit einem kurzen, unsicheren Flackern erwachte das Licht zum Leben – nicht plötzlich, nicht gleißend, sondern müde, widerwillig, wie ein alter Mann, der aus dem Schlaf gerissen wird. Das Surren setzte ein – dieses hohe, nasale Summen, durchzogen von einem feinen Pfeifton, wie man es nur von Neonröhren kennt. Es war das Geräusch des Lebens auf Sparflamme. Der Starter in der Leuchte arbeitete sich durch sein müdes Ritual, das Vorschaltgerät rang mit der Spannung, während das Gas in der Röhre langsam zu glimmen begann. Das Licht kam stoßweise, zuckte durch den Raum wie eine verirrte Erinnerung, dann blieb es. Jochen blinzelte. Er stand da, fröstelnd, in Feinrippunterhemd und Jogginghose und Socken, in einem gekachelten Raum, in dem alles falsch war. Und das Licht – es zeigte ihm, wie falsch alles war.

Jochen sah sich um. Neben dem Bett, in dem er gelegen hatte, standen drei weitere – identisch, metallisch, nüchtern. Auf jedem lag ein Körper, vollständig mit weißen Tüchern bedeckt. Nichts ragte hervor. Kein Gesicht, kein Haar. Nur Umrisse, stumm wie abgedeckte Möbel in einem verlassenen Haus. Er spürte, wie sein Herzschlag sich beschleunigte, wie sich die Kälte tiefer in ihn hineinfraß, diesmal von innen. Eine Ahnung kroch in ihm hoch, tastete nach seinem Verstand – und dann traf ihn die Erkenntnis mit der Wucht eines Sturzes aus großer Höhe. Ich bin im Leichenkeller. Die Kacheln. Die Dunkelheit. Die Toten. Und er, in Feinripp und Jogginghose, ein Irrläufer zwischen den Welten. Sie hatten ihn für tot gehalten. Die Ärzte. Die Schwestern. Seine Frau. Irgendetwas muss passiert sein. Sie dachten wirklich, ich sei gestorben. Er griff sich an die Brust, als könnte er damit seine Existenz prüfen. Der Puls hämmerte gegen seine Finger. Er lebte. Aber niemand wusste es.

Jochen öffnete die Tür, und der warme Luftzug des Ganges traf ihn wie ein Schatten, der an der Haut klebte. Er trat hinaus, langsam, mit Bewegungen, die noch nicht ganz zu ihm zurückgefunden hatten. Seine Knie schmerzten vom Liegen, die Füße schienen bei jedem Schritt den Boden neu kennenlernen zu müssen. Er schlurfte durch den Flur, vorbei an Fenstern mit Milchglas, an Türen mit Nummern, die ihm nichts sagten. Seine Gedanken kreisten noch immer um das Unglaubliche: Wie hatte man ihn für tot halten können? Ein Mann im weißen Kittel kam ihm entgegen. Jochen wich aus, instinktiv, trat zur Seite – doch der Mann ging einfach weiter, sah nicht auf, verlangsamte nicht einmal den Schritt. Auch eine ältere Frau, gestützt von ihrer Tochter, kam ihnen kurz darauf entgegen. Jochen trat beiseite, wieder. Sie gingen vorbei, als sei er gar nicht da. Niemand sprach ihn an. Niemand hob den Blick. Vielleicht war es Zufall. Vielleicht auch nicht. Jochen schluckte. Das Flackern der Neonröhren spiegelte sich in der Glasfläche einer verschlossenen Tür. Für einen Moment sah er sich selbst – blass, mit zerzaustem Haar, in Jogginghose und Unterhemd. Ich bin hier, dachte er. Ich bin doch hier. Er tastete sich weiter – einen Flur entlang, der so still war, dass selbst sein Atem wie ein Eindringling klang.

Vor einer Zimmertür, halb offen, standen ein Paar abgetretene Krankenhaus-Schlappen. Jochen zögerte nur kurz, dann schob er seine Füße hinein. Sie waren zu groß, schlappten bei jedem Schritt – aber sie schützten ihn vor dem kalten Boden. Er fand die Tür, die in den Innenhof führte, drückte sie auf, trat hinaus. Die Luft war kühl, klar, roch nach feuchtem Beton und den ersten Frühlingsabenden. Er sog sie tief ein, als müsse er damit etwas von sich abwaschen, das nicht an ihn gehörte. Es war still. Die Vögel waren verstummt, nur das ferne Rauschen der Stadt legte sich wie ein dünner Schleier über den Moment. Jochen blieb einen Augenblick stehen. Dann setzte er sich in Bewegung. Seine Schritte trugen ihn, fast automatisch, hinaus, durch das Nebentor, über den Parkplatz, auf die Straße. Keine klare Entscheidung, kein Plan – nur das Bedürfnis, weg zu sein. Die Straßen waren leer. Der Asphalt glänzte stellenweise noch vom Tag. Ein Auto fuhr vorbei, dann lange nichts. Die Laternen flackerten zaghaft ins Dämmern. Der Bürgersteig war menschenleer. Jochen ging weiter. Er kannte den Weg. Die Kleingartensparte war nicht weit. Dort war sein Garten. Sein Rückzugsort. Sein Zuhause im Kleinen. Und irgendetwas in ihm hoffte, dort etwas zu finden, das ihn daran erinnerte, dass er wirklich war.

Jochen bog in den schmalen Weg der Kleingartensparte ein. Der Schotter knirschte leise unter seinen Schlappen. Die Hecken standen noch kahl, doch die ersten Knospen kündigten an, dass der Frühling nicht mehr weit war. Dann kam der Geruch. Glühende Holzkohle. Grillwürstchen. Ein Hauch von gebräuntem Fett, vermischt mit dem süßlichen Rauch von eingelegtem Fleisch. Jochen sog ihn tief ein, schloss für einen Moment die Augen. Ja, dachte er, so riecht das Leben. Nicht nach kalten Kacheln und Desinfektionsmitteln, sondern nach Feuer, Hunger, Gesellschaft. Ob sie im Garten war? Seine Frau? Es wäre die richtige Zeit – der erste milde Abend, der Beginn der Saison. Und Peter, der Gartennachbar, war immer der Erste, der den Grill anwarf, sobald das Thermometer zweistellig wurde. Das war sein Ding. Und wenn Peter grillte, dann konnte man sicher sein, dass seine Frau mit dabei war. Sie immer da, wenn der Grill sein rauchiges Aroma von sich gab. Immer. Jochen ging weiter. Sein Herz schlug schneller. Hoffnung tastete sich durch den Rauch. Vielleicht war alles nur ein Missverständnis. Vielleicht war sie dort. Vielleicht wartete jemand auf ihn.

Jochen näherte sich dem Garten von Peter, sein Blick hob sich, sein Schritt wurde schneller. Und da war es – das Bild, das er sich so oft herbeigewünscht hatte in den Stunden der Krankenhausluft: Peter am Grill, konzentriert, mit der Zange in der Hand. Seine Frau daneben, den Ellbogen auf den Tisch gestützt, ein Glas in der Hand. Und über allem: der Rauch, das leise Knistern, das goldene Licht des beginnenden Abends. Jochen lächelte. Tief, ehrlich, voller Erleichterung. Vielleicht wird es doch noch ein guter Tag, dachte er. Oder wenigstens: ein guter Abend. Er hob die Hand, winkte. Erst zögerlich, dann entschlossener. Ein Gruß, ein Zeichen. Ich bin da. Aber Peter drehte sich nicht um. Auch seine Frau sah nicht auf. Sie redeten miteinander, lachten sogar kurz. Der Rauch stieg zwischen ihnen auf wie ein Vorhang. Jochen hielt die Hand noch einen Moment oben, dann ließ er sie langsam sinken. Vielleicht hatten sie ihn nicht gesehen. Vielleicht war es der Winkel. Oder der Rauch. Vielleicht.

Jochen setzte zum nächsten Schritt an. Er wollte weitergehen, wollte Peter rufen, laut, bestimmt, mit all der Freude, die er in sich trug. Doch in dem Moment, als er Luft holte, spürte er eine Hand auf seiner Schulter. Erschrocken drehte er sich um. Sein Herz schlug hart gegen die Rippen, der Atem stockte ihm im Hals. Der Rauch ließ seine Augen tränen – so erklärte er es sich zumindest –, denn er konnte nicht genau erkennen, wer da vor ihm stand. Nur eine Gestalt, in einem langen Mantel, die Kapuze tief ins Gesicht gezogen. Der Wind spielte kaum mit dem Stoff, als hätte die Figur kein Gewicht, keine Masse. Nur Anwesenheit. „Geh nicht weiter," sagte die Gestalt. Die Stimme war ruhig, fast freundlich, aber sie trug eine Schwere in sich, die keinen Widerspruch duldete. „Dies ist nicht mehr deine Welt." Jochen wollte etwas sagen, eine Frage, ein Protest, ein Warum? – doch kein Laut kam über seine Lippen. Nur der Rauch, das Knistern, das ferne Lachen aus einem Garten, der ihm nicht mehr gehörte.

Jochen senkte den Blick. Der Rauch hatte sich gelegt. Der Grillgeruch war fort. Kein Knistern mehr. Kein Lachen. Hinter ihm: nur Stille.

ZEHN

Wie jede Stadt, die etwas auf sich hält, besitzt auch diese ein U-Bahnnetz. Zwar wäre das Wort Netz ein wenig zu großzügig gewählt – zwei Linien sind es, nicht mehr, und selbst die verlaufen nur zur Hälfte unter der Erde. Dort, wo sie durch das Herz der Innenstadt führen, tauchen die Gleise ab in die Tiefe, in Tunnel aus Beton und alter Elektrizität. Doch kaum sind sie aus dem Zentrum hinaus, heben sie sich wieder empor, steigen auf wie müde Gedanken, die sich nicht mit dem Untergrund abfinden wollen. Draußen, in den Randbezirken, rollen die Züge offen durchs Licht – auf Schotter, auf Brücken, auf stählernen Viadukten, deren rostiger Glanz der Stadt einst den Spitznamen „Little Chicago" eingebracht hat. Ein Beiname, auf den man hier mit einem gewissen Stolz blickt – rau, nostalgisch, und doch irgendwie charmant, wie das letzte Lied einer verbeulten Jukebox.

Es war einmal eine dritte Linie geplant. Ein zarter Strich auf alten Stadtplänen, eine Hoffnung, die nie das Licht der Realität erblickte. Immer wieder gab es Anläufe, Skizzen, Kommissionen – doch stets verlor sich das Vorhaben im Nebel des Unentschiedenen. Mal waren es Bürgerinitiativen, die den Bau verhinderten. Meist waren es Zugezogene, wohlhabend genug, um sich die steigenden Mieten der Innenstadt zu leisten, doch empfindlich gegenüber jeder Veränderung, die nicht aus Designkatalogen stammte. Unter den Alteingesessenen waren sie wenig beliebt. Ihre Bereitschaft, jede noch so absurde Miete zu zahlen, hatte ganze Straßenzüge entvölkert, hatte jene vertrieben, die einst den Atem der Stadt ausmachten. Und wenn nicht der Widerstand den Plänen das Genick brach, dann war es ein Blick in die Stadtkasse – jener nüchterne Moment, in dem sich Visionen in Zahlen auflösen. Und die Zahlen sprachen eine klare Sprache: leer. So blieb die dritte Linie ein Phantom, ein unterirdisches Märchen, das nie geschrieben wurde.

Doch es gibt einen Beweis für das einstige Vorhaben – einen stummen Zeugen aus Beton und Erwartung. In der Innenstadt, dort wo sich Linie A und Linie B kreuzen, hatte man vorausgedacht. Um eines Tages das Umsteigen zwischen allen drei Linien zu ermöglichen, baute man neben den beiden regulären Bahnsteigen einen dritten. Nicht später, sondern gleich. Vorsorglich, wie man es nennt. Doch die geologischen Bedingungen unter der Stadt waren widerspenstig, das Erdreich launisch, und so konnte der dritte Bahnsteig nicht wie geplant neben den anderen liegen. Man legte ihn etwas abseits an, trennte ihn durch eine massive Wand, so dass er den Blicken entzogen blieb. Nur ein unterirdischer Verbindungsgang führt dorthin – schmal, schwach beleuchtet, vergessen. Der Bahnsteig wird kaum je genutzt. Nur in seltenen Notfällen, wenn die regulären Gleise gesperrt sind, erinnert man sich seiner. Er ist wie eine verborgene Seite im Buch der Stadt, kaum gelesen, doch voll stiller Bedeutung.

So blieb dieser dritte Bahnsteig ein Provisorium – für immer. Man hatte ihn zwar errichtet, aber nur mit dem Allernötigsten versehen. Die Wände: nackter Beton, grau wie vergessene Tage. Keine Kacheln, keine Farbe, keine Spur von jenem schmückenden

Eifer, mit dem man sonst selbst die unbedeutends-
ten Stationen der Stadt versah. Hier war alles
Zweck, alles Schweigen. Die Beleuchtung: spärlich.
Ein mattes Licht, das kaum mehr tat, als Stolper-
fallen zu entschärfen. Es war, als hätte man den
Ort nicht für Menschen, sondern für Schatten gebaut.

Weil dieser dritte Bahnsteig abseits liegt, verborgen hinter Mauern und Gängen, wirkt er weniger
wie Teil der großen Umsteigehalle als wie eine eigene Station. Eine, die niemand wirklich kennt.
Nicht einmal alle Menschen der Stadt wissen von
ihrer Existenz. Gewiss – jene, die bei der U-Bahn
arbeiten, die Verantwortlichen im Rathaus, sie kennen ihn. Und einige wenige, die das zweifelhafte
Glück hatten, dort ein- oder aussteigen zu müssen.
Aber für die meisten ist der Bahnsteig kein Begriff,
keine Erinnerung, nicht einmal ein Gerücht. Er ist
wie ein entfernter Verwandter, von dem man irgendwann einmal gehört hat, dessen Gesicht aber
längst verblasst ist – vergessen, ehe es je vertraut
werden konnte.

Und doch wird dieser vergessene Bahnsteig regelmäßig durchfahren. Zwei der sechs Abstellgleise,
auf denen nachts die U-Bahnzüge zur Ruhe kommen, lassen sich nur über seine Gleise erreichen.
In den Stunden zwischen eins und vier, wenn der
Betrieb ruht und die Stadt im Schlaf versinkt, rollen sie heran – lautlos, leer, wie silberne Schatten
auf Schienen. Sie halten nicht. Sie durchqueren
den dritten Bahnsteig, wenden, verschwinden

wieder in der Dunkelheit. Es ist ein stummes Kommen und Gehen, ein nächtlicher Puls, von dem
kaum jemand weiß. Nur Beton, Licht und Maschi-
nen teilen diesen geheimen Takt. Und vielleicht –
noch etwas anderes.

Am Rande der Stadt, im alten Krankenhaus mit
den moosgrünen Fensterläden, lebt seit beinahe
zwei Jahren ein Patient. Ja, seit fast zwei Jahren.
Sein Name ist Gunther, einst Angestellter der U-
Bahn. Zu seinen Aufgaben gehörte es, den dritten
Bahnsteig in Schuss zu halten – regelmäßig zu kontrollieren, kleinere Reparaturen eigenständig aus-
zuführen, Protokolle zu schreiben, die niemand je
las. Heute befindet sich Gunther in der psychiatri-
schen Abteilung. Nicht wegen eines Unfalls, nicht
wegen einer körperlichen Krankheit – sondern weil
sein Verstand, im Ringen mit einer Wahrheit, für
die er keine Worte fand, den Halt verlor. Die Schatten, die ihn heimsuchen, tragen keine Namen. Nur
er weiß, was er dort unten gesehen hat. Und selbst
das vielleicht nicht mehr ganz.

Die Ärzte bemühen sich. Sie wollen Gunther helfen, mit allen Mitteln, mit Gesprächen, mit Medika-
menten, mit der geduldigen Stimme der Vernunft.
Doch sie wissen nicht, dass ihre Hilfe ihn fester bindet. Sie können nichts dafür. Ihre Ausbildung, ihr
Weltbild, ihr Denken – all das erlaubt es nicht, das,
was Gunther erzählt, als Wahrheit zuzulassen. Wie
auch? Schon sein eigener Verstand ist einst an dieser Wahrheit zerbrochen. Und nun, da sie langsam
aus dem Nebel wieder hervorzutreten beginnt, wird

sie von den Stimmen der Ärzte immer wieder zurückgedrängt. „Das kann nicht sein", sagen sie. „Nur eine Einbildung." Gunthers Unterbewusstsein aber weiß: Es war keine Einbildung. Dort unten geschieht etwas. Doch sein Verstand, getrieben vom Wunsch gesund zu sein, versucht den Ärzten zu glauben. Dieser innere Konflikt hält ihn gefangen – nicht die Mauern des Krankenhauses. Er ringt nicht um Freiheit. Er ringt um Gewissheit. Und um Frieden.

Fast zwei Jahre sind vergangen. Zwei Jahre des Schweigens, des inneren Ringens, der unsichtbaren Ketten. Doch nun, langsam, mit der Beharrlichkeit eines tropfenden Wasserhahns, setzt sich etwas durch. Nicht Gunthers Verstand – der wurde verbogen, gezähmt, beruhigt von gut gemeinten Worten. Nein, es ist sein Unterbewusstsein, das sich erhebt. Es will nicht länger schweigen. Es will nicht länger verdrängen. Es will – nein, es muss beweisen, dass die Schatten real sind. Dass sie da waren. Dass sie da sind. Es ist Nacht. Das Krankenhaus liegt im Schweigen, das nur Orte kennen, an denen die Zeit sich dehnt. Nur selten hallen Schritte durch die Flure – eine Krankenschwester auf dem Weg zwischen zwei Zimmern, ein Patient, der der Blase nachgibt, nicht dem Herzen. Alles schläft. Alles schweigt. Nur Gunther nicht. Er weiß: Dies ist der richtige Augenblick. Der Moment, um aufzustehen, um zu gehen. Um zurückzukehren. Hinab zu jenem Bahnsteig, der nicht für Menschen gebaut wurde.

Doch der Bahnhof liegt im Herzen der Stadt, das Krankenhaus am Rand. Und so macht sich Gunther auf den Weg, zu Fuß, durch die Nacht, durch Straßen, die selbst die Straßenlaternen vergessen zu haben scheinen. Kein Bus fährt, keine Bahn – nicht um diese Stunde. Aber seine Schritte tragen ihn. Nicht geführt vom Willen, sondern von einer inneren Karte, tief vergraben, unausgesprochen. Er denkt nicht, er lenkt nicht – er geht. Immer weiter. Und der Schlaf der Stadt weicht vor ihm zurück. Er ist fast dort, nur noch wenige Straßenzüge trennen ihn vom Ziel, da hält neben ihm ein Streifenwagen. Leise, freundlich, mit dem Klang gut gemeinter Pflicht. Sein Verschwinden war bemerkt worden, und die Verantwortlichen hatten geistesgegenwärtig reagiert. Die Polizisten kennen Gunther. Sie sprechen sanft mit ihm, legen ihm die Hand nicht auf, sondern an die Schulter, führen ihn zurück. Auch das ist kein Akt des Zwangs, kein Ausdruck von Kontrolle. Es ist der ehrliche Versuch, einem kranken Menschen zu helfen. Doch was niemand weiß, was niemand wissen kann: Mit dieser Hilfe verhindern sie Heilung. Wieder. Noch einmal. Gunthers Weg wird unterbrochen – nicht durch Gewalt, sondern durch Fürsorge. Und gerade das ist das Tragische.

Doch Gunthers Unterbewusstsein gibt nicht auf. Es kennt keine Müdigkeit, keine Vernunft – nur die Notwendigkeit. Die Wahrheit will sich zeigen, will endlich angenommen werden. Und so versucht er es erneut, einige Nächte später. Wieder schleicht er sich hinaus, wieder trägt ihn der Schatten seiner Sehnsucht durch die schlafende Stadt. Wieder schweigt alles um ihn. Doch kurz bevor er den Bahnhof erreicht, halten erneut Blaulicht und Fürsorge Einzug. Dieselben freundlichen Stimmen, dieselbe wohlmeinende Geste. Wieder kehrt er zurück – nicht aus eigenem Willen, sondern unter dem Deckmantel der Hilfe. Ein drittes Mal, noch später, wagt er es. Die Nacht ist still, der Weg bekannt. Doch diesmal sind es nicht Menschen, die ihn aufhalten. Es sind die Türen selbst. Sie sind verschlossen. Und bleiben es. Kein Licht hinter den Scheiben, kein Geräusch aus der Tiefe. Die Stadt hat sich abgewandt. Als hätte auch sie verstanden, was die anderen nicht sehen: dass es eine Grenze gibt, die nicht jeder überschreiten darf – selbst dann nicht, wenn er es müsste. Gunther steht lange da, allein im Flackern einer alten Laterne. Dann wendet er sich ab. Langsam. Schritt für Schritt. Und geht zurück, dorthin, wo seine Geschichte noch nicht zu Ende erzählt ist.

Gunthers Zimmer liegt im ersten Stockwerk. Kein tiefer Fall – nur ein Sprung auf weiches Gras. Wenn die Türen verschlossen bleiben, warum also nicht der Weg durch das Fenster? In der folgenden Nacht, als das Krankenhaus wieder schläft, tastet Gunther nach dem Griff. Leise, hoffnungsvoll. Doch diesmal waren die Ärzte schneller gewesen. Sie hatten vorgesorgt. Die Fenster sind verriegelt. Kein Spielraum. Kein Spalt. Kein Entkommen. Für einen Moment steht Gunther nur da, die Hand am kalten Rahmen. Dann greift er den Stuhl. Nicht aus Wut. Aus Notwendigkeit. Der Aufprall ist laut – zu laut. Das splitternde Glas zerreißt die Stille, schreckt die Nacht auf, ruft Schritte herbei. Der vierte Versuch scheitert, noch bevor er wirklich begonnen hat. Hände halten ihn auf, Stimmen sprechen auf ihn ein. Wieder diese Stimmen. Immer dieselben Stimmen. Und Gunther? Er sagt nichts. Er blickt nur durch das zerbrochene Glas, hinaus in die Dunkelheit, die ihn nicht empfangen durfte. Noch nicht.

Die Ärzte wollen verhindern, dass es einen fünften Versuch gibt. Zu groß scheint die Gefahr, zu tief Gunthers innerer Drang. Also verabreichen sie ihm am Abend ein neues Medikament. Nichts Dramatisches, nichts Ungewöhnliches – ein Beruhigungsmittel, stark genug, um seine Glieder zu lähmen, ihn ruhig zu halten, ihn zu binden, ohne Fesseln. Und es wirkt. Gunthers Körper gehorcht ihm nicht mehr. Nicht seinen Gedanken. Nicht seinem Unterbewusstsein. Doch da, wo die Muskeln ermatten, beginnt etwas anderes, sich zu regen. Die Ärzte wissen um die Nebenwirkung: Auch der Verstand wird langsamer, müder, stumpfer. Was sie nicht wissen: Gerade in diesem Nebel beginnt Gunthers Unterbewusstsein, klarer zu sehen. Ohne das Lärmen des Bewusstseins, ohne den Widerstand der Logik, findet es Raum. Ruhe. Und so beginnt es, fast unmerklich, mit der Planung. Nicht laut. Nicht eilig. Aber zielgerichtet, wie ein Fluss unter Eis. Ein neuer Plan entsteht – einer, den kein Arzt, kein

Polizist, kein Schloss verhindern kann. Noch schweigt Gunthers Körper. Doch etwas in ihm ist wacher als je zuvor.

Über Wochen hinweg, fast unmerklich, beginnt Gunther zu sammeln. Nicht Dinge. Nicht Pläne. Sondern Tabletten. Jeden Abend bekommt er drei – doch er nimmt nur zwei. Eine versteckt er. Heimlich. Still. Und manchmal, wenn niemand hinsieht, stiehlt er eine weitere – von einem Tablett, aus einem Becher, aus einer vergessenen Tasche. Kein Zufall. Kein Impuls. Es ist sein Unterbewusstsein, das lenkt. Behutsam, wie ein erfahrener Schachspieler, der nicht zieht, sondern wartet. Und dabei gewährt es Gunthers Verstand mehr Raum. Ein wenig mehr Klarheit. Ein wenig mehr Selbst. Und so entsteht nach außen der Eindruck einer Besserung. Die Ärzte beginnen, aufzuatmen. Seine Bewegungen werden sicherer. Seine Sätze klarer. Seine Augen ruhiger. Vielleicht, so denkt man, ist es endlich der Beginn eines Weges zurück. Zur Normalität. Zum Leben. Und doch – sie bleiben vorsichtig. Die lähmenden Medikamente setzen sie zwar ab. Aber die Fenster bleiben verriegelt. Die Türen verschlossen. Vor allem nachts. Denn ganz trauen sie der Stille nicht, die in ihm wohnt. Was sie nicht wissen: Die Stille ist nicht leer. Sie ist voll. Voll von Absicht. Voll von Vorbereitung.

Und dann ist der Tag gekommen. Oder besser: der Abend. Die Schatten sind lang, die Geräusche des Hauses dünn geworden, wie durch Tuch. Gunther hat gesammelt, gewartet, vorbereitet. Jetzt ist alles bereit. Ein Pfleger schaut noch einmal herein. Fragt, ob er etwas brauche. Wünscht ihm eine gute Nacht, mit ehrlicher Stimme, mit müden Augen. Dann kontrolliert er Fenster und Tür, verschließt alles sorgfältig. Geht. Nichts Ungewöhnliches. Als die Schritte des Pflegers verklungen sind, nimmt Gunther die Tabletten hervor. Eine nach der anderen. Kein Zögern. Kein Zittern. Sein Verstand regt sich – ein letzter Versuch, ein letztes „Nein". Doch es ist zu schwach. Zu spät. Das Unterbewusstsein hat längst entschieden. Gunther schluckt die Tabletten. Alle. Dann legt er sich hin. Die Hände auf der Decke, den Blick zur Decke, die Brust ruhig. Er spürt, wie die Müdigkeit kommt, anders als sonst. Tiefer. Wärmer. Kein Schmerz. Kein Widerstand. Nur ein Einverständnis. Er schließt die Augen. Und beginnt, einzuschlafen.

Gunther sitzt in der U-Bahn. Der Wagen ist leer, bis auf ihn. Kein Rattern, kein Quietschen – nur das gleichmäßige Gleiten durch die Dunkelheit. Die nächste Station ist die Zentralstation. Gleis 5. Der Bahnsteig der Schatten. Als der Zug einfährt und zum Stehen kommt, öffnet sich die Tür mit einem leisen Zischen. Gunther steigt aus. Ohne Hast. Ohne Zweifel. Der Bahnsteig liegt vor ihm – und er ist voll. Voll von Menschen. Gestalten. Schatten. Manche schauen ihn an, andere nicht. Manche warten, manche scheinen gerade angekommen. Niemand spricht. Aber alles ist wahr. Gunthers Unterbewusstsein ist nun frei. Frei vom Verstand. Frei vom Körper. Frei von der Angst, sich zu irren.

Und genau darin liegt der Beweis: Was er sah, war Wirklichkeit. Vor gut zwei Jahren, bei einer seiner Kontrollen, hatte er diesen Ort schon einmal betreten. Er hatte die Schatten gesehen. Doch sein Verstand, gefangen im Raster der Logik, hatte sich geweigert, das Gesehene anzunehmen. Und dieser innere Widerstand hatte ihn zerrissen. Hatte ihn ins Krankenhaus gebracht. Der Kampf zwischen dem Wissen und dem Glauben, zwischen Fühlen und Verstehen, war zu groß gewesen. Zu früh. Zu allein. Jetzt ist der Kampf vorbei. Gunther steht still auf dem Bahnsteig. Und das, was er einst sah, steht still mit ihm. Keine Einbildung. Kein Wahn. Nur Wahrheit. Endlich.

Am Morgen wurde Gunthers lebloser Körper gefunden. Ruhig lag er da, als hätte er einfach nur weitergeschlafen. Die Ärzte konnten nichts mehr tun. Kein Puls. Kein Atem. Nur Stille. Es war ein trauriger Tag im Krankenhaus. Viele der Mitarbeiter waren niedergeschlagen. Sie hatten geglaubt, er sei auf dem Weg der Besserung. Sie hatten gehofft. Und nun meinten sie, den Kampf verloren zu haben. Ein Kampf gegen das Dunkel, gegen die Krankheit, gegen das Unverständliche. Und sie trauerten ehrlich – denn sie hatten ihn gemocht. Nur einer, der Älteste unter ihnen, ein Mann mit stillen Augen und zitternden Händen, sprach nicht. Er saß lange an seinem Schreibtisch, starrte in den frühen Morgen, während das Licht langsam die Schatten von den Akten vertrieb. Er fragte sich, ob nicht sie es gewesen waren, die versagt hatten. Ob ihr Versuch zu helfen – so ehrenhaft, so gut gemeint – vielleicht fehlgeleitet war. Ob man nicht anders hätte helfen müssen. Weniger mit Medizin. Mehr mit Zuhören. Weniger mit Kontrolle. Mehr mit Glauben. Aber diese Fragen stellte er nur sich selbst. Und vielleicht – so dachte er – würde es nie eine Antwort geben. Denn manche Wahrheiten kann man nicht behandeln. Man kann sie nur erkennen. Oder verlieren.

ELF

Alva winkte ihrer Mutter ein letztes Mal, ehe sie zwischen den Reihen der Kirschbäume verschwand, die den Weg zur Schule säumten. In ihrer Geste lag kein Abschied – nur ein stilles Ritual, wie das Schließen einer Tür, die man bald wieder öffnen würde. Die Schule war für Alva ein Ort der Widersprüche. Sie liebte sie – nicht weil sie sich dort wohlfühlte, sondern weil sie dort Dinge lernte, die man ihr zu Hause nicht beibrachte. Zahlen, Sprache, Geschichte – das Wissen der Welt, ausgebreitet auf Tafeln und Papier, wie Brotkrumen auf einem Weg, der tiefer führte, als ihn die anderen zu ahnen vermochten. Und doch blieb sie dort allein, selbst wenn sie mitten unter den anderen Kindern saß. Sie hielt sich nicht fern – aber sie trat auch nicht näher. Es war vielmehr so, dass die anderen Abstand hielten, ohne zu wissen warum. Vielleicht war es, weil Alva keinen Unterschied machte. Weil sie in jedem Kind dasselbe sah – nicht das Gleiche, sondern das Selbe: eine Seele im Werden, ein Wesen im Zwischen. Sie sprach mit den Beliebten, wie sie mit den Vergessenen sprach, und sie begegnete den Lehrern mit derselben stillen Würde wie ihren Mitschülern. Es war kein Trotz darin, kein Urteil – nur eine Art, die Welt zu sehen, die sich nicht einfügen ließ in das unsichtbare Netz aus Rang und Ruf, das für andere so selbstverständlich war. Alva verstand diese Welt. Aber sie gehörte ihr nicht.

Susanne winkte zurück, ihr Lächeln war ein leiser Sonnenstrahl – jener Ausdruck, den nur Mütter für ihre Töchter kennen, wenn sie sie ziehen lassen und doch mit jeder Faser bei ihnen bleiben. Als die Tür sich schloss und die kleinen Glöckchen ihr zartes Lied ausgespielt hatten, blieb für einen Moment Stille im Laden zurück. Dann seufzte Susanne. Nicht laut, nicht klagend – nur wie jemand, der eine

Erinnerung einatmet. Sie wusste, was Alva in der Schule empfing – und was ihr dort verwehrt blieb. Es war bei ihr nicht anders gewesen. Das Anderssein, das in dieser Familie nicht gewählt wurde, sondern mitgegeben wie ein zweiter Schatten, war nie leicht zu tragen. Alva hatte keine Freunde, keine Feinde – nur Abstand. Und erschwerend kam hinzu, was nie jemand laut aussprach: dass sie ohne Vater aufwuchs. So war es immer gewesen. In dieser Familie wurden Töchter geboren – nur Töchter. Und kaum war eine geboren, verschwand der Vater. Nicht flüchtig, nicht feige – sondern einfach: verschwunden. Als hätte sein Dasein nur dem einen Zweck gedient, das Erbe weiterzutragen. Susanne hatte ihn nie verflucht. Sie hatte ihn geliebt, vielleicht mehr, als gut für sie war. Doch seine Abwesenheit war kein Bruch – sie war Teil der Ordnung. Einer alten Ordnung, der sie diente, wie schon ihre Mutter, und deren Mutter davor.

Es war früher Nachmittag, und Susanne stand am großen Holztisch, ihre Hände tief im Grün eines neuen Kranzes, als das Glöckchen an der Tür ein helles, beinahe ausgelassenes Klingeln anschlug. Sie hielt inne. Ja – dieses Klingeln unterschied sich von allen anderen. Es war heller, lebendiger, ein wenig zu schnell – so klangen die Glöckchen nur, wenn Alva die Tür öffnete. Heute war Freitag. Der Tag, an dem die Zeit nach der Schule nicht in Regeln floss, sondern in Freiheit. Keine Mahnung zu Hausaufgaben, kein stilles Nicken Richtung Schreibtisch. Stattdessen nur ein Lächeln, und die

Arme, die sich kurz um Susannes Taille legten, ehe Alva sich befreite wie ein Vogel, der fliegen durfte. Mit einem energischen Schwung landete der Ranzen in der Ecke, so, wie nur Kinder es schaffen, die wissen, dass er dort bis Montag niemanden stören wird. Dann eilte sie über die knarrende Treppe nach oben – ihre Schritte federnd, voller Vorfreude auf das Zuhause, das nur sie kannte: ihr Zimmer, ihre weichen Sachen, ihre kleinen Fluchten aus der Schulwelt. Susanne lächelte still. Sie kannte diese Abläufe, diese kleinen Zeremonien des Nachmittags. Und während sie den letzten weißen Astern in den Kranz einband, dachte sie: Auch sie wird es einmal verstehen. Alles. Aber noch nicht heute. Heute darf sie rennen.

Kaum waren ein paar Atemzüge vergangen, da hörte Susanne schon wieder die Schritte auf der Treppe – federnd, leicht, wie ein Lied, das sich nicht lange im Stillen halten lässt. Alva war umgezogen, befreit von den engen Kleidern der Schule, und ohne zu zögern schlüpfte sie durch die Hintertür des Ladens hinaus. Diese Tür war wie ein geheimer Übergang – sie führte nicht nur hinaus, sondern hinüber: direkt auf den Friedhof, der sich hinter dem Haus erstreckte wie ein stilles Meer aus Stein und Moos. Susanne hatte oft versucht, Alva beizubringen, dass man dort nicht rennen solle, nicht lachen, nicht toben. Doch der Pfarrer hatte ihr einmal zugelächelt, als Alva zwischen den Gräbern Blumen pflückte, und gesagt: „Es ist gut so. Der Tod hat genug Stille – er darf das Lachen auch einmal hören." Und Susanne hatte genickt, wenn auch nicht sofort. Denn sie wusste selbst, warum Alva diesen Ort liebte. Sie verstand das aus einem Teil ihrer selbst, der niemals ganz erwachsen geworden war. Auch sie hatte als Kind zwischen den Grabsteinen gesessen, den Wind belauscht und mit den Stimmen gesprochen, die nur dort flüsterten. Und wenn sie ehrlich war – manchmal, wenn der Tag sich neigte und die Schatten länger wurden –, dann ging sie noch immer hin. Nicht, um zu trauern. Sondern um zu atmen.

Alva rannte befreit über die schmalen Kieswege des Friedhofs, vorbei an alten Steinen, deren Inschriften vom Regen geglättet waren, und an frischen Gräbern, wo der Tau noch wie Tränen auf den Kränzen lag. Ihr Ziel war klar – immer das gleiche: die kleine Wiese mit der großen Kastanie in der Mitte. Der Baum ragte empor wie ein uraltes Herz, das nie aufgehört hatte zu schlagen. Seine Zweige streckten sich in alle Himmelsrichtungen, und sein Schatten war weich wie ein Mantel. Alva liebte diesen Ort, und sie wusste, dass auch ihre Mutter ihn als Kind geliebt hatte – es war einer dieser stillen, vererbten Zufluchtsorte, an denen sich etwas Überzeitliches berührte. Auf dem Weg dorthin sah sie den Pfarrer, wie er langsam zwischen den Gräbern ging, das Gebetbuch an der Seite, den Hut ein wenig schief auf dem Kopf. Sie winkte ihm mit beiden Händen zu, und er – ohne Zögern, ohne Würde zu verlieren – winkte ebenso lebhaft zurück. Er war ein alter Mann, ja. Sein Gang war langsamer geworden, seine Stimme leiser, doch in seinen Augen blitzte noch jenes eigensinnige Leuchten, das sich nur jene bewahren, die dem Leben nicht nur aus der Kanzel begegnet sind. Für seine Aufgabe – das wusste er selbst – war das Kind in ihm kein Hindernis, sondern ein Geschenk. Manchmal stand er still, wenn Alva auf die Kastanie kletterte, als wäre sie geboren zwischen ihren Ästen. Und dann, wenn niemand es sah, spürte er einen leisen Neid – nicht schmerzhaft, nicht bitter. Nur ein leises Sehnen nach der Zeit, in der man selbst noch geglaubt hatte, dass jeder Baum bis zum Himmel reichte.

Um besser auf den Baum klettern zu können, hatte Alva sich die Schuhe ausgezogen. Ihre Füße waren klein und hell, noch weich vom Schutz der Kindheit, doch sie kannte keine Scheu. Mit geübten Griffen erklomm sie den Stamm, Ast um Ast, bis sie fast die höchsten Zweige berührte. Dort oben war der Himmel nah und die Welt weit. Dann kletterte sie wieder hinunter, langsam, mit jenem Vertrauen, das nur Kinder Bäumen schenken. Als sie unten ankam und ihre nackten Füße das Gras der Wiese berührten, geschah es. Ein Laut – nein, viele. Stimmen. Leise, unaufdringlich, durcheinander. Wie ein Wispern hinter einem Schleier. Alva erstarrte. Sie verstand nichts, nicht ein einziges Wort – aber sie wusste: Da ist etwas. Erschrocken zog sie ihre Schuhe wieder an – und im selben Moment verstummte alles. Die Wiese war still. Nur der Wind rauschte in den Blättern der Kastanie, als sei nichts geschehen. Alva stand da, reglos. Dann legte sie den Kopf leicht schräg, wie jemand, der beginnt, ein Rätsel zu begreifen. Langsam, fast zögerlich, zog sie die Schuhe erneut aus. Und kaum berührten ihre Füße wieder das Gras – kehrten die Stimmen zurück. Sie hob einen Fuß, trat auf den Kiesweg: Stille. Sie setzte ihn zurück auf die Wiese: Flüstern. Noch einmal – Weg: Stille. Wiese: Stimmen. Ein leises Staunen legte sich auf ihr Gesicht. Kein Schreck, kein Entsetzen. Nur diese eine Frage, die in ihr zu wachsen begann wie ein neues Blatt im Frühling: Warum?

Beim Abendessen saß Alva auf der Eckbank, die Beine unter sich geschlagen, und mümmelte zufrieden an einem Tomatenbrot. Frisches, noch warmes Landbrot, dick mit Butter bestrichen, darauf saftige Tomatenscheiben, ein Hauch Salz, ein wenig Pfeffer – manchmal auch ein oder zwei Zwiebelringe, heute aber nicht. Susanne schenkte Tee nach und sagte nichts. Es war einer dieser stillen Abende, an denen die Worte Zeit brauchten. Dann, ganz nebenbei, während sie ein weiteres Stück Brot abbiß, sagte Alva: „Heute hab ich Stimmen gehört. Auf dem Friedhof." Sie sprach es so beiläufig aus, als würde sie erzählen, dass sie auf die Kastanie geklettert war – was sie kurz darauf auch tat. Keine Unruhe, kein Flackern in der Stimme. Nur ein Satz zwischen zwei Bissen. Susanne erstarrte nicht. Sie hob auch nicht überrascht den Kopf. Stattdessen senkte sie den Blick für einen Moment auf ihre Teetasse – so, als läse sie darin etwas, das sie längst kannte.

„Stimmen?", fragte sie leise. Alva nickte, kaute, schluckte. „Ja. Nur wenn ich barfuß bin. Wenn ich Schuhe anhabe, sind sie weg. Ich hab's ausprobiert." Dann biss sie erneut ab. Und für einen Moment war da nur das Knuspern der Kruste, das leise Klirren von Besteck. Susanne sagte nichts. Noch nicht. Denn manchmal, das wusste sie, beginnt ein neues Kapitel im Leben eines Menschen ganz still – zwischen Butterbrot und Mondlicht.

Susanne ließ den Löffel sinken, legte die Hände um die Tasse und sah Alva einen Moment lang schweigend an. Nicht forschend, nicht prüfend – eher wie jemand, der in einem Gesicht nach einer Erinnerung sucht. Dann lächelte sie sanft. „Du hast heute etwas erlebt, das nur in unserer Familie geschieht", sagte Susanne leise. „Seit vielen, vielen Generationen. Immer dann, wenn das Mädchen alt genug ist – beginnt es. Ganz von selbst. Und immer mit dem Flüstern." Alva hörte auf zu kauen. Nicht erschrocken, nicht gespannt – nur aufrichtig aufmerksam. So, wie nur Kinder zuhören, wenn sie spüren, dass ein Moment mehr enthält als nur Worte. „Die Stimmen, die du gehört hast", fuhr Susanne fort, „die gehören zu denen, die gegangen sind. Sie sind nicht laut, nicht aufdringlich. Sie sind einfach da – wie das Licht morgens durch die Vorhänge. Und du wirst lernen, sie zu unterscheiden. Nicht gleich – aber bald. Du wirst sie auseinanderhalten können. Und verstehen, was sie sagen. Du wirst wissen, wer spricht – und was gemeint ist. Am Anfang ist es wie Regen auf vielen

Dächern. Später wirst du einzelne Tropfen hören."
Alva nickte langsam. Kein Staunen, kein Zweifel –
nur dieses tiefe, klare Verstehenwollen, das älter
war als sie selbst. „Es ist in dir", sagte Susanne.
„So, wie es in mir war. Und in meiner Mutter. Es
beginnt immer mit dem Flüstern. Das ist die erste
Stufe." Sie machte eine Pause. Trank einen
Schluck Tee. Sah Alva an – und sah in ihr sich
selbst, wie sie einst an einem ähnlichen Tisch saß,
mit ähnlichem Brot, und ähnlich großen Augen.
„Du hast keine Angst, oder?" Alva schüttelte den
Kopf. „Nein. Es war schön. Irgendwie... ruhig."
Susanne lächelte. Nicht erleichtert – sondern bestätigt. Sie wusste: Das Mädchen hatte es in sich.
Nicht nur durch Blut – sondern durch das, was tiefer reicht als Blut. Die Stille zwischen den Stimmen
war ihr nicht fremd. Sie war ihr Element.

Ein Jahr war vergangen, seit Alva das erste Flüstern im Gras gehört hatte. Ein Jahr, in dem sie gelernt hatte, das Stimmengewirr zu ordnen wie lose
Blätter im Wind. Sie hatte begonnen, sich auf einzelne Stimmen zu konzentrieren – sie zu erkennen,
ihnen zuzuhören. Und mehr noch: Sie konnte verstehen, was sie sagten. Es war kein Talent, das
man übt wie ein Instrument. Es war eher, als hätte
sie das Hören nicht gelernt, sondern wiedererlernt
– als käme etwas zurück, das längst in ihr ge-
schlummert hatte. Eines Tages hatte sie dem alten
Pfarrer davon erzählt. Nicht geheimnisvoll, nicht
bedeutungsschwer – einfach so, beim Gehen zwischen den Gräbern. Er hatte sie angelächelt, die

runzlige Hand auf ihren Kopf gelegt und nichts gesagt. Es war kein Lächeln aus Höflichkeit, kein stilles „Wie nett" gegenüber einem fantasiebegabten
Kind. Nein – der Pfarrer lächelte, weil er verstand.
Weil er sah, was geschehen war. Und weil er
wusste, was es bedeutete. Für ihn, für Susanne –
und für Alva. Denn wer die Stimmen der Toten zu
unterscheiden weiß, steht an der Schwelle derer,
die bleiben, wenn andere gehen müssen. Und der
alte Mann wusste: Der Blumenladen wird bald eine
neue Hüterin brauchen. Wobei „bald" für Außen-
stehende eine lange Zeit ist. Für Alva, Susanne und
ihm gehen die Uhren halt anders.

In den Jahren, die folgten, lauschte Alva immer
öfter den Stimmen. Manchmal saß sie stundenlang
auf der Wiese unter der Kastanie, die Füße im Gras,
die Augen halb geschlossen, und hörte. Die Stimmen erzählten keine Geschichten wie in Büchern.
Sie sprachen in Bildern, in Erinnerungen, in Sehn-
süchten. Und immer öfter vertrauten sie ihr Dinge
an, die nicht für die Welt bestimmt waren. Es war,
als hätte ihre Gegenwart ein Fenster geöffnet – und
die Seelen waren dankbar dafür. Nicht nur, weil jemand sie hörte. Sondern weil endlich jemand da
war, der zuhörte. Eines Abends, beim Abendessen
– das Brot dick mit Butter, Tomaten, heute sogar
mit Zwiebeln, die Augen leicht tränend, aber fröhlich – blickte Alva plötzlich zu ihrer Mutter auf und
fragte: „Mama ... ist mein Vater wirklich der Tod?"
Susanne hielt kurz inne. Nicht aus Überraschung –
sondern wie jemand, der einen vertrauten Pfad

wieder betritt, nach langer Zeit. Dann lächelte sie. Ein Lächeln, das nicht antwortete – sondern bestätigte. „Du bist bereit", sagte sie nur. Denn sie wusste: Alva hatte die nächste Stufe erreicht. Nicht, weil sie gefragt hatte. Sondern weil sie es nicht mehr nur wissen wollte, sondern zu verstehen begann. Die Seelen hatten ihr ihre Geheimnisse anvertraut – nun war es an der Zeit, dass auch ihre Mutter es tat.

Susanne nickte. Kein Zögern, kein Umweg. „Ja", sagte sie. „Es stimmt. Dein Vater ist der Tod." Alva erstarrte nicht. Sie erschrak nicht. Aber sie vergaß das Kauen. Ihr Blick wurde groß, weit, als sähe sie plötzlich den Himmel von innen. Susanne sah es – dieses Staunen, das keine Furcht kannte. Und sie wusste: Jetzt darf ich es sagen. „Es ist seit Äonen so", begann sie. „Seit einer Zeit, die niemand mehr zählen kann. Der Tod kommt – nicht mit Kälte, nicht mit Gewalt – sondern mit Liebe. Mit Leidenschaft. Mit brennendem Verlangen." Sie legte ihre Hände um die Teetasse, als müsse sie sich an ihr festhalten – nicht aus Schwäche, sondern aus Ehrfurcht. „Aus dieser Liebe wird neues Leben. Nicht durch Zufall. Sondern durch Notwendigkeit. So wie du." Sie sah Alva an, und ihr Blick war weich – nicht sentimental, sondern tief wie ein stilles Wasser. „Und die Blumen, die ich manchmal direkt verkaufe – eine einzige, an einen einzigen Menschen – die sind nicht bloß Geste. Sie sind Zeichen." Alva sagte nichts. Sie hörte nur. Mit jenem aufrichtigen, grenzenlosen Lauschen, das nur in jenen wohnt, die aus mehr bestehen als Haut und Haar. „Diese Menschen", fuhr Susanne fort, „sind besonders. Nicht weil sie berühmt sind. Nicht weil sie schön oder stark sind. Sondern weil sie bereit sind. Für einen Übergang, der nicht für alle gleich ist. Und die Blume… ist das Zeichen für den Fährmann. Ein stilles Ja." Mehr sagte sie nicht. Noch nicht. Denn es gab Dinge, die würden Alva selbst erkennen – wenn der Tag gekommen war, an dem sie ihre erste Blume aus der Hand gab.

Seit einigen Jahren war Alva nun in der Lehre – bei ihrer Mutter, im kleinen Blumenladen neben dem Friedhof, der mehr war als nur ein Geschäft. Sie lernte viel. Nicht nur, wie man Blumen schneidet, wie man sie pflegt, wie man Kränze bindet, und welches Blatt sich mit welchem Stil verträgt. Sie lernte, was zwischen den Blüten liegt. Was in der Luft hängt, wenn jemand den Laden betritt und nicht wegen der Farbe kommt, sondern wegen etwas, das er selbst nicht benennen kann. Sie lernte zu beobachten – nicht mit den Augen, sondern mit dem Innern. Sie lernte zu erkennen, wem sie eine Blume verkaufen durfte – und wem nicht. Nicht jeder, der kam, sollte eine Blume erhalten. Denn manche wollten Leben und andere wollten Abschied – noch bevor er bereit war. Alva begann zu spüren, was ihre Mutter all die Jahre gespürt hatte. Nicht durch Worte, sondern durch ein Nicken, einen Blick, eine Stille, die plötzlich Raum bekam. Und manchmal, wenn sie hinter dem Tresen stand, und jemand eintrat, legte Susanne ihr die Hand auf den Arm – ganz leicht, und Alva wusste: Nicht heute. Nicht dieser.

Und dann kam der Tag. Unausweichlich, leise, wie ein Schatten, der nicht plötzlich fällt, sondern sich langsam über den Nachmittag legt. Susanne war wie Alva ein Kind des Todes. Sie alterte langsamer, lebte länger – doch nicht ewig. Die Unsterblichkeit blieb dem vorbehalten, der einst ihr Geliebter war – der Sohn von Zeit und Leben. Susanne trat in den Laden, so wie sie es tausende Male getan hatte. Doch diesmal stand sie vor dem Tresen, und Alva – dahinter. Ein fragender Blick. Ein Hauch von Zögern. Dann Stille. Und ohne ein Wort, verstand Alva. Sie ging durch den Laden, schritt langsam, wie jemand, der nicht sucht, sondern findet. Sie wählte die allerschönste Blume – nicht die größte, nicht die seltenste, sondern die eine, in der sich alles sammelte: Vergangenheit, Liebe, Abschied. Sie reichte sie ihrer Mutter. Susanne nahm sie mit ruhigen Händen, und anstelle von Geld schenkte sie ihr ein Lächeln – so sanft, so wissend, so endgültig, dass es die Zeit selbst zum Schweigen brachte. Dann drehte sie sich um und öffnete die Tür. Die Glöckchen über der Tür – die sonst selbst auf leiseste Bewegungen reagierten – blieben stumm. Draußen wartete der alte Pfarrer. Er reichte Susanne seinen Arm, und sie hakte sich bei ihm unter, als sei es das Selbstverständlichste der Welt. Gemeinsam gingen sie die Straße hinunter. Langsam. Schweigend. Und Alva stand am großen Schaufenster und sah ihnen nach. Sie war nicht überrascht, als sich ihre Gestalten mit jedem Schritt mehr und mehr auflösten. Denn wer die Stimmen der Toten kennt, weiß, dass man ihnen nicht beim Gehen zusehen kann – sondern nur beim Verschwinden.

Einige Wochen nach Susannes Abschied trat ein neuer Pfarrer seinen Dienst an. Ein junger Mann, kaum älter als Alva selbst, mit hellem Blick, sicherem Gang und einer Stimme, die das Wort Amen wie ein Lied klingen ließ. Die Gemeinde nahm ihn dankbar auf, die Alten mit Erleichterung, die Jungen mit stiller Neugier. Auch Alva bemerkte ihn – wie könnte sie nicht? Er war schön, auf eine klare, aufrechte Weise. Nicht eitel, nicht glatt, aber mit jener natürlichen Anziehung, die von Menschen ausgeht, die glauben – an etwas Größeres als sich selbst. Und als sie ihn zum ersten Mal aus der Ferne sah, wie er zwischen den Gräbern ging, das Buch in der Hand, den Blick aufrecht – da seufzte sie leise. Nicht aus Schwärmerei. Sondern weil sie wusste: Dieser Mann gehört nicht dem Fleisch. Er hatte gelobt, alle zu lieben – mit dem Herzen. Aber nicht mit den Händen. Nicht mit dem Körper. Nicht mit jenem brennenden Verlangen, das einst ihren Vater in menschliche Gestalt gezwungen hatte. Und so sah sie ihm nach, wie er die Wege entlangging, zwischen Tod und Gebet. Und sie wusste: Was sie erwartete, kam aus einer anderen Tiefe.

Es dauerte nur wenige Tage, da öffnete sich die Tür des Blumenladens und der neue, junge Pfarrer trat ein. Er lächelte, so selbstverständlich, als sei er jeden Tag hier gewesen. „Guten Tag, Alva", sagte er. Nicht zögernd, nicht förmlich – sondern wie ein alter Freund, der nur kurz weg gewesen war. Alva sah ihn an. Und ehe sie nachdenken konnte, sprach er weiter: „Ich erinnere mich, wie du früher auf die Kastanie geklettert bist. Immer barfuß. Immer mit diesem ernsten Blick, als würdest du mit dem Himmel sprechen." In diesem Moment durchfuhr es sie. Nicht wie ein Blitz – sondern wie ein Licht, das sich leise einschaltet. Das war kein neuer Pfarrer. Nicht für sie. Für die anderen – ja. Für die Gemeinde. Für die Welt. Aber nicht für sie. Sie sah es jetzt: Die Augen. Die Stimme. Die Art, wie er sich bewegte – wie der alte Pfarrer. Er war zurück. Anders. Jung. Und doch derselbe. Der Pfarrer bemerkte ihr Schweigen, ihren Blick. Und er nickte kaum merklich. „Deine Mutter lässt dich grüßen", sagte er. Und in diesen Worten lag kein Trost, kein Trostversuch – nur Wahrheit. Ein Gruß, getragen über eine Grenze, die keine für ihn war.

Der Pfarrer kam nun oft zu Besuch. Zuerst für ein Gespräch, dann für einen Tee, schließlich zum Abendbrot – und wie hätte es anders sein können: Tomatenbrote, mit Butter, Salz, Pfeffer und manchmal Zwiebeln, wenn die Zeit dafür reif war. Zwischen den Scheiben Brot und den Stunden in ihrer Nähe wuchs etwas, das sich nicht benennen ließ – nur fühlen. Es war eine Liebe, so rein, so ehrlich, dass kein Wort ihr gerecht wurde. Und doch trug sie alles in sich: Zärtlichkeit. Feuer. Verlangen. Nächte, in denen die Zeit selbst innehielt und der

Tod die Ewigkeit vergaß. Und als Alva eines Morgens erwachte, die Hand auf dem noch flachen Bauch, da wusste sie: Sie trug neues Leben in sich. Und mit dieser Erkenntnis kam die andere. Dies war kein Pfarrer, der sein Gelübde gebrochen hatte. Dies war der Tod. Der Vater ihrer Großmutter. Der Vater ihrer Mutter. Der Vater ihrer eigenen Tochter. Ein Moment lang stand alles still. Doch nicht aus Schock – aus Vollendung. Der Kreis war geschlossen. Und so, wie es immer gewesen war, war der Pfarrer von diesem Tag an wieder nur der Pfarrer. Still. Wissend. Unnahbar. Eine kurze, wunderschöne Zeit war zu Ende. Aber sie hatte das getan, wozu sie da war: Sie hatte von Neuem begonnen.

ZWÖLF

Seit fast vier Jahrzehnten führt Heidemarie Aetatis nun das Geschäft, das einst ihrem Vater gehörte und davor schon dem Großvater – ein Laden, der älter ist als jede Erinnerung, die noch ein Gesicht trägt. Über hundertfünfzig Jahre alt ist diese kleine Uhrmacherei in der Altstadt, ein Ort, an dem die Zeit nicht vergeht, sondern gepflegt wird. Hier entstehen keine neuen Uhren. Hier werden sie repariert, gewartet, mit leiser Geduld gereinigt und in ehrwürdige Hände verkauft. Heidemarie liebt diese Arbeit, liebt sie mit einer Sanftheit, wie man nur etwas liebt, das einem das Leben erklärt hat. Die Rentenbescheide hat sie nie ausgefüllt. Sie braucht keine Ruhe. Der Laden ist ihr Atem. Und das Ticken der Uhren ringsum ist längst nicht mehr das Geräusch fremder Mechanik – es ist ihr Herzschlag geworden.

Doch in letzter Zeit, wenn der Wind sich am Schaufenster fängt und das späte Licht durch die Regale kriecht, denkt Heidemarie immer öfter daran, dass auch sie nicht ewig bleiben wird. Der Laden, ihr Leben, braucht jemanden, der ihn weiterträgt – aber da ist niemand. Keine Tochter, kein Sohn. Das Schicksal hat sie reich beschenkt mit dieser Werkstatt voll Herz und Zahnrädern, doch einen verlässlichen Mann, mit dem sie eine Familie hätte gründen können, schenkte es ihr nicht. Nicht wirklich.

Otto war ein Traum von einem Mann. Groß, kräftig, mit diesen stillen, klugen Augen, die mehr versprachen als Worte. Ein feiner Mensch, liebevoll und zuverlässig, und genauso vernarrt in das Innere einer alten Taschenuhr wie sie. Sie hatten gerade gemeinsam ihre Ausbildung abgeschlossen, als sie begannen, von einer gemeinsamen Zukunft zu sprechen – einer Werkstatt zu zweit, einem Leben inmitten von Rädern und Federn, vielleicht auch von Kindern. Doch dann kamen die Schergen jenes schrecklichen Mannes aus Österreich, und sie holten ihn. Nicht weil er etwas getan hatte. Sondern weil er war, wie er war. Weil er nicht in ihr kaltes Bild von „Rasse" passte. Weil er zwar an Gott glaubte – aber nicht an ihren. Sie brachten ihn fort. Und ließen nichts zurück – außer Schweigen.

Dann kam das, was man später den Wiederaufbau nennen würde – aber für Heidemarie war es nur die Zeit danach. Nach dem Mann aus Österreich, nach Otto, nach allem, was noch hätte werden können. Viele Männer kamen nicht zurück. Und die, die zurückkehrten, hatten etwas in sich verloren, das kein Arzt und kein Gebet wiederherstellen konnte. Ihre Augen waren anders. Ihre Stimmen hohl. Die Frauen trugen die Städte, die Felder, die Kinder – und ihre Einsamkeit. Für Heidemarie gab es keinen zweiten Otto. Da war niemand, an den sich ihr Herz hätte verlieren können. Einige Männer suchten wenigstens nach Nähe, nach der Wärme eines Körpers, um zu vergessen. Aber vergessen kann nur, wer nichts bewahren will.

Auf ihre Anzeige in der Zeitung hatte sich bislang niemand gemeldet. Natürlich nicht. Die jungen Leute lesen keine Zeitung mehr. Sie holen sich ihre Informationen – wenn sie es denn überhaupt noch tun – über diese kleinen, leuchtenden Wischdinger. Digital nennen sie das. Und die Uhren, die Heidemarie pflegt wie andere ihre Rosen, nennen sie fast schon verächtlich analog. Analog – wie das klingt! Als hätte Anna gelogen. Als wären ihre Uhren falsch, ungenau, überholt. Doch Heidemarie wusste es besser. Diese Uhren zeigten die Zeit. Die richtige. Und das sehr exakt. Für manchen vielleicht zu exakt.

Und dann – fast schon plötzlich, so unvermittelt wie eine Uhr, die nach Jahren wieder zu ticken beginnt – stand sie da. Eine junge Frau, vielleicht Mitte zwanzig, mit einem ernsten Blick und der gefalteten Lokalausgabe unter dem Arm. Die erste Seite verkündete den Tod von Kurt Herrmann, einem Schriftsteller, einer kleinen Berühmtheit der Stadt. Aber es war nicht sein Nachruf, den sie gelesen hatte. Eingekringelt mit rotem Stift war eine kleine Anzeige auf der letzten Seite. Heidemaries Anzeige. „Suchen Lehrling zur baldigen Nachfolge. Uhrmacherhandwerk. Geduld erforderlich." Die junge Frau hob den Blick, lächelte schief und fragte: „Ist die Lehrstelle noch frei?"

Heidemarie unterdrückte das kleine Aufflackern in ihrer Brust. Ihre Stimme blieb ruhig, vielleicht ein wenig zu ruhig. „Sie wissen schon, dass das keine leichte Arbeit ist", sagte sie und zog die Brille ein wenig höher auf den Nasenrücken. „Warum glauben Sie, dass ausgerechnet Sie die Richtige sind?" Die junge Frau öffnete den Mund, doch Heidemarie hob sachte die Hand. „Verzeihen Sie die Frage – aber darf ich wissen, warum Sie erst jetzt... also mit Mitte zwanzig... eine Lehrstelle suchen?"

Die junge Frau senkte kurz den Blick, als müsse sie erst die richtigen Worte finden – nicht für eine Bewerbung, sondern für ein Bekenntnis. „Ich habe studiert. Informatik", sagte sie schließlich. „Weil alle sagten, das sei sicher. Zukunft und so. Aber ich bin nie warm geworden mit dem ganzen digitalen Kram. Da steckt keine Seele drin." Sie hob die Zeitung, fast wie einen Beweis. „Ich mag das Digitale nicht. Ich versuche, so viel wie möglich ohne auszukommen. Auch privat. Deshalb lese ich Zeitung. Auf Papier. Altmodisch, ich weiß." Ein leises Lächeln. „Da habe ich dann Ihre Anzeige gesehen. Ein Beruf ohne dieses ganze Zeug. Nur Hände, Zeit und Präzision. Ich dachte... das ist genau das Richtige."

Heidemarie hielt den Blick der jungen Frau nur einen Augenblick lang stand – dann zerbrach ihr gespielter Ernst an der Wärme, die in ihr aufstieg wie Licht durch eine staubige Fensterscheibe. „Ach, Kindchen...", flüsterte sie, und noch ehe die Worte ganz verhallt waren, kam sie hinter dem Ladentisch hervor, mit einem Tempo, das ihrer Jahre spotten wollte. Sie schloss die junge Frau in die Arme, als hätte sie eine Enkelin gefunden, die viel zu lange fort gewesen war. Dann trat sie einen halben Schritt zurück, lächelte schief und sagte: „Die Stelle ist aber leider schon weg." Die Stirn der jungen Frau legte sich in feine Falten. „Weg?" „Ja. Eine junge Informatikerin will lieber analoge Uhren als digitale reparieren. Was soll ich da machen?" Es dauerte einen Moment. Einen einzigen. Dann kam die Erkenntnis wie ein Stromschlag aus Licht – und nun war es die junge Frau, die Heidemarie umarmte. Nicht zaghaft. Nicht höflich. Sondern wie jemand, der gerade angekommen ist.

Sie verabredeten sich für den Ersten. Kim würde dann anfangen, ganz offiziell. Als Heidemarie wieder allein war, sah sie der jungen Frau nach, wie sie über das Kopfsteinpflaster ging, das bei jedem Schritt ein wenig Sonne spiegelte. Ihre Silhouette wurde kleiner, dann schluckte eine Hausecke sie ganz. Heidemarie blieb am Schaufenster stehen. Ein Lächeln lag auf ihren Lippen – aber dahinter arbeitete etwas. Der Laden würde weiterleben, vielleicht sogar in guten Händen. Aber es gab eben nicht nur diesen Laden. Es gab die andere Aufgabe. Die, von der Kim noch nichts wusste. Die, die niemand lernen konnte – nur ertragen. Ob Kim das könne, das würde sich erst in den nächsten drei Jahren zeigen.

Heidemarie ging in die kleine Werkstatt hinter dem Laden, wo das Licht weicher war und der Duft von Öl und Messing in der Luft hing wie ein vertrauter Mantel. Sie zog das Kassenbuch aus der Schublade – ein dicker, abgewetzter Band mit welligen Seiten und Tinte in vielen Farben der Jahre. Sie wollte nachsehen, wer noch offen hatte. Die letzten Arbeiten eintragen, den Betrag notieren, den sie für Reparatur, Reinigung oder Wartung verlangen würde. Und wie immer suchte sie auch nach den kleinen Markierungen. Drei verschiedene gab es. Und manchmal – ganz selten – tauchte eine davon auf, dort, wo kein Mensch sie hätte setzen können.

Heute war eine da. Still, als hätte sie schon immer dort gestanden. In diesem Moment erklang das kleine Glöckchen im Laden – ein zarter Klang, der durch Wände und Gedanken drang. Heidemarie schloss das Buch, legte die Hand kurz darauf, als wolle sie es segnen – und ging hinaus.

Vor dem Ladentisch stand ein Mann in der blauen Dienstkleidung der U-Bahn. Er grüßte höflich, mit müden Augen, und reichte ihr einen Zettel, auf dem fein säuberlich die Uhr vermerkt war, die er vor einigen Tagen gebracht hatte – samt seiner Unterschrift. Heidemarie warf einen Blick darauf, nickte freundlich und verschwand kurz in der Werkstatt. Wenige Augenblicke später kehrte sie mit der Uhr zurück. „Was bin ich schuldig?", fragte der Mann. Heidemarie lächelte. „Ach... nicht viel. Es war eigentlich nichts kaputt. Ich habe nur ein wenig gereinigt, geölt, entstaubt. Das geht aufs Haus." Der Mann bedankte sich, prüfte das Uhrwerk mit einem prüfenden Ohr, als wolle er den Herzschlag seines Großvaters hören – und sagte dann: „Die Uhr gehörte meinem Opa. Er hat früher oft erzählt, dass hier einmal einer dieser Halsabschneider gearbeitet hat. Vor langer Zeit. Aber irgendwann hat man den Laden ja davon befreit." In diesem Moment wusste Heidemarie es. Die Markierung stand hinter seinem Namen. Sie fragte sich, wie oft der Tod auf Erinnerungen basiert, die nicht die ihren sind. Ob die Markierung richtig war, konnte sie nicht sagen. Und sie durfte es auch nicht. Ihr war nur eines aufgetragen: Zu handeln. Nicht zu urteilen.

„Ich werde den Laden meinen Kameraden empfehlen", sagte der Mann noch, ehe er ging. Die Türglocke klang wie ein letzter Nachhall, und draußen verschluckte der Verkehr seine Schritte. Heidemarie blieb allein zurück, und ihr erster Gedanke war bitter und klar: Bitte nicht. Ich will sie nicht – die geistigen Nachkommen jener, die mir die Liebe genommen haben. Sie atmete einmal tief durch, strich sich über die Schürze und ging dann in die Werkstatt zurück. Es warteten noch ein, zwei Uhren. Sie brauchten Pflege. Und in ihrem Ticken lag keine Meinung, nur Mechanik – und Trost.

Draußen dämmerte es, und die Straßenlaternen erwachten mit einem nervösen Flackern, ehe sie in grellem Licht verharrten, das mehr störte als erhellte. Heidemarie schloss die Tür ab, drehte den Schlüssel zweimal um und ging dann zurück in die Werkstatt, wo das Ticken der Uhren leiser und ehrlicher war als jedes Geräusch da draußen. Sie griff unter das Kassenbuch und zog das andere hervor – jenes, das niemand kannte. Der Einband war glatt, fast makellos, als hätte ihn kein Finger je berührt. Sie schlug es auf, blätterte bis zur ersten unbeschriebenen Seite. Die Markierung war eindeutig. Ein Alptraum war gefordert – aber einer, der in Frieden endete. Wie ein Gewitter, das in Stille versinkt. Sie dachte an den Mann, an seine Uniform, an die Dunkelheit der Tunnel, das Rattern, das Dröhnen. Und dann begann sie zu schreiben: Ein Traum, in dem der Zug nicht bremst. In dem das Gleisbett plötzlich endet. In dem Schatten durch die Waggons gleiten, und niemand den Notruf hört. Er kommt in die Klinik, und dort beginnt der zweite Teil: Sein Unterbewusstsein kämpft gegen den Verstand, gegen Schuld, gegen Zweifel, gegen etwas, das kein Wort mehr hat. Aber ganz am Ende – wenn das Letzte gesagt, das Letzte gedacht ist – da findet er Frieden. Zwischen Seelen, die auch nicht ganz ins Jenseits konnten. Aber ganz nah dran sind.

Zwei Jahre war Kim nun bei Heidemarie in der Lehre. Und sie war eine Schülerin, wie man sie sich nur wünschen konnte: gelehrig, wach, neugierig auf jedes Detail, geduldig mit sich, geduldig mit den Zahnrädern. Eigentlich hätte sie den Laden längst allein führen können. Eigentlich. Wenn da nicht die zweite Aufgabe wäre. Die, von der sie noch nichts wusste. Die, die keine Technik, sondern Stärke verlangt. Aber Kim war für Heidemarie längst mehr geworden als nur eine Auszubildende. Sie war etwas, das man mit einem alten Wort beschreiben müsste: Enkelin. Und wer die beiden nebeneinander sah – die eine grau und gebeugt, die andere jung und mit leuchtenden Augen – der hätte nie gezweifelt. Nicht wegen des Namens, den Kim ihr schenkte: „Oma Heidi." Sondern wegen der Art, wie sie sich ansahen. Wie zwei Uhren, die zwar verschieden gebaut sind – aber doch aufeinander ticken.

Es war während der Frühstückspause, als der Geruch von frischem Kaffee noch zwischen den Regalen hing und das Licht durch die Butzenscheiben fiel wie durch alte Träume. Heidemarie nahm einen Schluck, stellte die Tasse ab und sagte: „Kindchen... du hast jetzt alles gelernt, um den Laden eigentlich selbst führen zu können." Sie sprach es ruhig, fast beiläufig. Doch Kim erstarrte. Ihre Stirn zog sich zusammen, ihre Augen wurden groß. „Oma Heidi – das hast du gerade nicht gesagt?!" Heidemarie lächelte, dieses feine, verschmitzte Lächeln, das nur alte Frauen beherrschen, die sehr wohl wissen, was sie sagen – und was sie sagen lassen. „Was habe ich nicht gesagt haben sollen?" „Dass du mir den Laden übergeben willst", flüsterte Kim – und in ihrer Stimme lag Ehrfurcht. Und ein kleines Zittern.

Es war nicht Kims Antwort, die Heidemarie berührte. Nicht die Worte. Sondern das, was ihr vorausging: Ein kurzes Zucken, das durch den Körper der jungen Frau lief, ein kaum hörbares Atemholen, dieses feine Vibrieren in der Stimme, als hätte das Herz vor dem Mund gesprochen. Und in diesem Moment wusste Heidemarie, dass sie richtig entschieden hatte. Der letzte Zweifel, der sich wie Staub an ihrem Entschluss gehalten hatte, verwehte. Einfach so. Aber sie wäre nicht Oma Heidi, wenn sie die Tür nun ganz geöffnet hätte. „Ich habe nicht gesagt, dass ich das tue, Kindchen", meinte sie mit gespielter Strenge und griff nach dem Löffel. „Ich sagte nur, dass du es könntest." Doch ihr

Lächeln verriet sie. Und Kim erwiderte es, ohne ein weiteres Wort. Die Chemie zwischen den beiden war nicht zu erklären. Sie war einfach da. Ein Band aus Verstehen und Liebe, das nicht geknüpft wurde – sondern gewachsen war.

Heidemarie rührte langsam in ihrem Kaffee, dann stellte sie die Tasse ab und sah Kim lange an. Nicht streng. Nicht traurig. Nur... ernst. „Über die Uhren weißt du nun alles, Kindchen", sagte sie. „Aber du musst noch etwas über die zweite Aufgabe erfahren." Ihre Stimme war leiser geworden, so, als würde sie nun nicht mehr nur mit dem Mund sprechen, sondern mit ihrer ganzen Geschichte. „Ich weiß, dass du das kannst. Ich habe in dein Herz geschaut – und es ist stark. Was ich aber nicht weiß... ist, ob du es auch willst." Sie machte eine Pause. Lang genug, damit das Gewicht ihrer Worte einsinken konnte. „Und der Laden... der kann nur weiterbestehen, wenn auch diese zweite Aufgabe weitergeführt wird. Ohne sie geht es nicht. Nicht hier." Dann legte sie ihre Hand über Kims, so sanft, dass es fast wie ein letzter Segen wirkte. „Und, Kindchen – ich mahne dich: Sag jetzt nicht einfach Ja, mit dem Gedanken, du könntest das schon irgendwie schaffen. Diese Aufgabe... ist wichtig. Sie wird dich fordern. Sie wird ein Teil von dir sein. Und sie wird – jedes Mal – auch einen Teil von dir nehmen."

Kim sagte nichts. Sie sah Heidemarie an. Nein – sie sah Oma Heidi an. Und in diesem Blick lag mehr als nur Aufmerksamkeit. Da war Respekt. Da war

Vorsicht. Und da war ein kaum merkliches Nicken – so klein, dass man es fast übersehen konnte. Aber Heidemarie sah es. Und sie verstand. Kim wollte es wissen. Nicht aus Pflichtgefühl. Nicht, weil sie dachte, sie müsse. Sondern, weil sie wusste: Nur wer alles kennt, kann auch alles entscheiden. Und vielleicht, nur vielleicht, würde ihr diese zweite Aufgabe erklären, was sie all die Jahre an Oma Heidi gespürt hatte. Diese leisen Eigenheiten. Diese dunklen Augenblicke. Diese Art, mit manchen Uhren anders umzugehen als mit anderen. Vielleicht würde jetzt alles einen Sinn ergeben.

„Kindchen", sagte Heidemarie leise, „nimm das Kassenbuch dort aus der Schublade. Und schau hinein." Kim nickte nur. Keine Fragen. Keine Worte. Nur dieses stille Einverständnis, das wie eine zarte Linie zwischen zwei Herzen liegt. Sie nahm das Buch, das sie natürlich kannte – äußerlich zumindest. Doch sie hatte nie hineingesehen. Es war ihr nie verboten worden. Aber es war eben… nicht an der Zeit gewesen. Jetzt war sie es. Sie schlug es auf, blätterte langsam durch die Seiten. Und da waren sie. Kleine Markierungen neben manchen Namen. Kaum sichtbar, fast wie aus Versehen gesetzt – aber mit einer inneren Ordnung, die ihr sofort auffiel. Heidemarie beobachtete sie. „Siehst du die Markierungen?", fragte sie sanft. Kim nickte. Langsam. „Und erkennst du… dass es drei verschiedene sind?" Wieder ein Nicken. Wieder kein Wort. Denn Worte hätten diesen Moment nur zerbrochen. Kim wollte verstehen. Ganz. Ohne Störung. Ohne Hast.

„Diese Markierungen", sagte Heidemarie, „zeigen an, bei wem die zweite Aufgabe erfüllt werden muss." Kim hielt den Blick weiter auf das Kassenbuch gerichtet. Als hätte sie das längst gespürt. Aber jetzt hatte es einen Namen. Heidemarie zeigte mit einer leichten Bewegung unter das Buch. „Siehst du das andere? Das, das immer darunter lag?" Kim nickte. Wieder dieses ruhige, tiefe Nicken – wie ein Schlüssel, der ins Schloss gleitet. „Nimm es. Schlag es auf. Und sag mir, was du darin findest." Kim griff danach. Ihre Finger zitterten nicht – aber sie waren... vorsichtig. Wie bei etwas, das atmet. Sie legte das Buch auf den Tisch, öffnete es langsam, und blickte auf die erste Seite.

Kim blätterte. Langsam, mit wachsenden Augen. Sie überflog die ersten Seiten, dann die nächsten. Dann noch eine. Und noch eine. Ihre Stirn legte sich in Falten, aber es war kein Unverständnis – es war Staunen. Erschütterung. „Da stehen Geschichten drin...", sagte sie leise. Dann hielt sie inne. Schüttelte kaum merklich den Kopf. „Nein... es ist, als wären es Träume." Sie sah auf. „Einige wunderschön. Friedlich. Wie das leise Auflösen eines Liedes im Schlaf. Andere... sind dunkler. Alpträume. Aber mit einem Licht am Ende. Mit... einem Happy End." Sie stockte. Schlug eine neue Seite auf. Und nun senkte sich ihr Blick. Die Stimme wurde schwer. „Aber manche... manche sind einfach nur schrecklich. Nie endende

Alpträume. Wie gefangen im eigenen Schatten."
Heidemarie nickte. Still. Unverrückbar. „So ist es",
sagte sie. „Es sind Träume."

„Diese Träume", begann Heidemarie, „die hast du
gerade gelesen... die habe ich geschrieben. Jeden
einzelnen." Sie sprach ruhig, als hätte sie die Worte
schon oft in sich getragen, aber nie ausgesprochen.
„Sie entstehen auf Grundlage der Markierungen im
Kassenbuch. Und die Menschen, deren Namen dort
stehen... sie träumen diesen Traum. Einige Tage,
nachdem ich ihn aufgeschrieben habe." Kim sah
sie an – nicht erschrocken, nicht verwundert. Nur
mit diesem stillen, tiefen Blick, in dem Verstehen
aufsteigt wie Morgendunst. „Es ist ihr letzter
Traum", sagte Heidemarie weiter. „Aber eigentlich
ist es mehr als das. Es ist... der Übergang. Er beginnt wie ein Traum – aber endet jenseits davon."
Kim nickte. Langsam. Mit einer Klarheit im Blick,
die Heidemarie das Herz füllen ließ. Und sie
wusste, in diesem Augenblick, dass ihre Entscheidung goldrichtig war.

In der kleinen Werkstatt hinter dem Laden
brannte noch Licht, obwohl draußen längst die
Dunkelheit durch die Gassen kroch und der Laden
schon vor Stunden geschlossen worden war. Der
letzte Federstrich eines Traums war eben verklungen. Ein zartes Kratzen, das nun in der Stille nach-
hallte wie das Echo einer Seele. Kim schloss das
Buch behutsam, so, wie man eine Tür schließt,
durch die jemand gerade gegangen ist. Dann legte
sie es an seinen Platz zurück – zwischen Zeit, Staub

und Verantwortung. Und als sie das Licht löschte und die Werkstatt in sanftes Dunkel fiel, dachte sie: Oma Heidi, ich hoffe, es geht dir gut. Ich hätte dir den wunderschönsten Traum aller Zeiten geschrieben.

DREIZEHN

Sie hatten sich auf dem Hof des Reichsten versammelt. Nicht weil er gewählt war – das Amt des
Bürgermeisters trug ein anderer –, sondern weil

hier die Entscheidungen fielen, wo das Geld lag. In diesem Dorf bestimmte nicht die Stimme, sondern die Münze. Und dieser Mann hatte sich viele Stimmen gekauft. Die Dürre war Thema. Seit Wochen kein Regen. Die Felder lagen da wie verbrannte Versprechen. Schon das letzte Jahr hatte kaum Ernte gebracht, doch nun, da die zweite ausblieb, drohte der Ruin. Wer nichts hatte, konnte nichts verlieren – und verlor dennoch. Wer wenig hatte, konnte noch hoffen – und wurde nun stumm. Nur der Reiche schien unberührt. Auf seinen Äckern stand noch grün, was andernorts längst gelb war. Er konnte sich Wasser leisten. Und Schweigen.

Die Diskussion war hitzig, von Sorge durchtränkt und von Verzweiflung geschürt. Stimmen überlagerten einander, schrill und müde zugleich. Jeder wusste, was zu tun sei – und keiner wusste es wirklich. Da hob sich eine andere Stimme, leise zuerst, beinahe verschluckt vom Lärm der Worte. Maria. Bis dahin hatte sie geschwiegen. Als Magd – selbst als Magd des Reichsten – war sie es gewohnt, nicht gehört zu werden. Und als Frau, die ohne Mann ein Kind großzog, galt sie ohnehin als halbe Außenseiterin. Man duldete sie, aber man sah durch sie hindurch. Doch nun sprach sie, und ihre Stimme war nicht laut, aber klar. „Ich habe von einem alten Mann gehört", sagte sie, „den sie Immerin nennen. Wo er erscheint, soll es regnen." Ein Schweigen breitete sich aus, so trocken wie die Felder ringsum.

Ein Murmeln ging durch die Menge, tastend, suchend, wie der erste Wind vor einem Gewitter. Man hörte keine eindeutigen Worte, aber man spürte sie – eine vorsichtige Zustimmung, nicht von allen, doch von den meisten. Und das gefiel dem reichen Bauern ganz und gar nicht. Mit seiner tiefen, donnernden Stimme durchbrach er das aufkeimende Einverständnis. „Weib!", rief er, und seine Worte polterten wie Hufe über dürres Land. „Du hast vergessen, die zweite Hälfte zu erwähnen!" Stille. „Ja, wo der Alte auftaucht, regnet es – aber mit ihm kommt der Tod! Wo Immerin ist, stirbt jemand!" Die Worte hallten nach. Niemand sprach. Er hätte besser geschwiegen. Doch der Zorn hatte ihn gepackt, und der Zorn ließ ihn weiter brüllen. „Du hast das gesagt, weil du hoffst, dass ich es bin... aus Rache für –" Er brach ab. Die letzten Silben starben auf seiner Zunge. Zu spät. Er hatte sich verraten.

Da war es die Bäuerin, die nun sprach. Ihre Stimme war ruhig, aber schneidend, wie kalter Stahl. „Aus Rache wofür?" Der Bauer fuhr herum, seine Augen wild. „Das geht dich nichts an!", donnerte er. Doch diesmal hallte seine Stimme hohl. Und dann schwieg er. Ein Herzschlag lang war alles still. Dann brach es aus Maria hervor, nicht schrill, sondern klar wie ein lang zurückgehaltener Strom. Sie atmete ein, langsam, und als sie sprach, lag eine erzwungene Ruhe in ihrer Stimme – wie ein Damm, der kurz vor dem Brechen steht. „Ich tue nichts aus Rache", sagte sie. „Ich spreche, weil ich die Verzweiflung der anderen spüre. Weil ich weiß, was es heißt, nichts mehr hoffen zu können. Ihnen muss geholfen werden." Sie sah in die Gesichter um sich, nicht flehend, sondern aufrichtig. „Von der zweiten Hälfte wusste ich nichts. Das müsst ihr mir glauben." Dann wandte sie sich wieder dem Bauern zu, und in ihren Augen lag etwas Unerschütterliches. „Wenn ich Rache gewollt hätte... ich hätte tausend Gelegenheiten dazu gehabt." Da mischte sich erneut die Bäuerin ein, scharf wie eine Sichel: „Rache – wofür?"

Noch einmal donnerte die Stimme des Bauern über den Hof. „Schweigt!", fuhr er beide Frauen an. Eine drohende Geste zu Maria, eine letzte Bastion aus Macht und Angst. Doch Maria wich nicht zurück. Sie konnte nicht mehr schweigen. Was sieben Jahre lang ein stummes Band zwischen ihr und dem Bauern gewesen war, zerriss in einem einzigen Atemzug. „Ich will keine Rache für das, was du getan hast", sagte sie, und ihre Stimme war fest. „Auch wenn es Unrecht war. Auch wenn es mich verletzt hat, als du dir beim Schlachtefest vor sieben Jahren genommen hast, was du wolltest – ohne zu fragen, ohne zu sehen, dass ich es nicht wollte." Ein Zittern ging durch ihre Lippen, doch sie sprach weiter. „Und doch hast du mir damit das Liebste geschenkt, das ich je haben werde: meine Tochter." Dann war es still auf dem Hof. So still, dass man eine Nadel hätte fallen hören können. Selbst der Wind schien anzuhalten.

Die Bäuerin drehte sich wortlos um und verließ den Hof. Kein Blick zurück, kein Wort mehr. Ihr

Schweigen war lauter als alles, was zuvor gesprochen wurde. Bei den anderen setzte wieder das Tuscheln ein – vorsichtig, abwägend, durcheinander wie ein Bienenschwarm ohne Königin. Da ergriff der eigentliche Bürgermeister das Wort. Lange war er eine Randfigur gewesen, geduldet, nicht beachtet. Doch nun, da der mächtigste Mann des Dorfes wankte, sah er seine Stunde gekommen. „Ich bin dafür", sagte er und trat einen Schritt nach vorn. „Auch wenn es ein Risiko ist, den Regenmacher zu holen – es ist ein Risiko, das sich auf viele verteilt. Wenn wir alle gemeinsam tragen, was einer allein nicht tragen kann, ist es erträglicher." Natürlich dachte jeder anders. Der eigene Tod – das war kein Risiko wie ein verlorener Taler oder ein kaputtes Dach. Und doch... die Not war größer als die Furcht. Eine knappe Mehrheit stimmte zu.

Ein Bote wurde bestimmt, ein junger Mann mit flinkem Schritt und offenen Augen. Noch am selben Tag machte er sich auf den Weg. Man wusste nur vage, in welche Richtung er gehen musste – dorthin, wo Immerin das letzte Mal gesehen worden war. Der Rest war Hoffnung. Zwei Wochen vergingen. Die Felder wurden grauer, die Gesichter leerer. Und dann kam der Bote zurück – nicht allein. Er hatte den Alten gefunden. Erleichterung durchzog das Dorf wie ein frischer Hauch Wind. Doch sie hielt nur einen Wimpernschlag lang. Dann kroch die Angst zurück in die Herzen, schwerer denn je. Wen würde es treffen? Viele dachten es nicht laut, aber sie dachten es: Wenn es gerecht zugehen sollte, dann müsste es den reichen Bauern treffen. Er hatte jedem hier im Dorf schon einmal wehgetan – mit Worten, mit Taten, mit seinem Schweigen. Nur Maria hoffte anders. Nicht für den Bauern – sondern für ihre Tochter. Ihr ganzes Hoffen galt nur einem einzigen Wunsch: Dass es sie nicht sein würde.

Niemand wusste so recht, was nun zu tun sei. Man hatte Immerin geholt – doch wie empfängt man einen Mann, mit dem der Tod geht? Schließlich entschied man sich, ihn im Gasthaus unterzubringen. Auf Kosten des Dorfes, versteht sich – eine Geste des Respekts, vielleicht auch des stillen Schutzzaubers. Am Abend saß er dort, schweigend, mit einem einfachen Mahl vor sich. Und während er aß, begannen die ersten Tropfen zu fallen. Zuerst zögernd, fast schüchtern – dann kräftiger, fester, ein echter Regen, wie man ihn seit Monden nicht mehr gespürt hatte. Ein Aufatmen ging durch das Dorf, gefolgt von einem Frösteln. Freude – ja. Aber auch Angst. Denn mit dem Regen kam, was versprochen war: der Preis. Und jeder, der in dieser Nacht zu Bett ging, tat es mit gemischtem Herzen. Manche beteten. Manche weinten. Alle horchten.

Am nächsten Morgen war die Gewissheit da. Nicht der reiche Bauer war es gewesen. Es war Maria. Man fand sie in ihrer Kammer, das Gesicht ruhig, fast heiter, als hätte sie den Schlaf gewählt und nicht den Tod. Was niemand wusste: Maria war in der Nacht noch einmal hinausgegangen. Sie war zu dem Alten gegangen, der schweigend unter dem

175

Dach des Gasthauses ruhte. Sie hatte ihn gebeten, dass sie es sei. Immerin hatte lange geschwiegen, dann gesagt, dass es nicht in seiner Macht stünde. Doch er hatte sie gefragt, warum sie es wolle. Und Marias Antwort war so schlicht, dass sie wie ein Gebet klang. „Wenn ich es bin, bin ich mir sicher, dass es nicht meine Tochter ist." In dieser Logik lag keine Vernunft – nur unendliche Liebe.

Der Alte wusste, dass es nun Zeit war zu gehen. Jemand war gestorben – das war der Lauf der Dinge. Und auch wenn der Regen die Felder getränkt und Hoffnung gesät hatte, würde man ihm nicht mit offenen Armen danken. Er schnürte sein Bündel, so klein wie sein Schatten, und ging die Dorfstraße entlang hinaus ins beginnende Licht. Die Menschen standen an den Fenstern, an den Türen, auf den Stufen. Sie sahen ihm nach – mit gespaltenem Herzen. Ein Teil von ihnen war dankbar. Für den Regen. Dafür, dass es sie nicht getroffen hatte. Ein anderer Teil verstand nicht, warum es ausgerechnet Maria sein musste. Warum die, die am wenigsten hatte, am meisten geben musste. Sie wussten nicht, dass sie selbst darum gebeten hatte.

Kurze Zeit später sah man, wie ein kleines Mädchen dem Alten folgte. Sie war sieben Jahre alt, trug ein Bündel in den Armen, kaum größer als sie selbst, und ihre Schritte waren zögerlich, aber fest. Niemand hielt sie auf. Keiner fühlte sich verantwortlich. Schon gar nicht der reiche Bauer, der in diesem Moment – mal wieder – einfach nur Glück gehabt hatte. Seine Frau hatte es gar nicht bemerkt. Sie war zu beschäftigt gewesen. Sie hatte ihn gezwungen, das Mädchen nach Marias Tod aufzunehmen. Mit festem Blick hatte sie ihm ins Gesicht gesagt, dass sie ihn verlassen würde, wenn er es nicht tat – auch wenn es für sie selbst Schande bedeutete. Doch das konnte der Bauer nicht zulassen. Die Hälfte seiner Felder hatte seine Frau mit in die Ehe gebracht. Ohne sie wäre er plötzlich einer der Ärmsten im Dorf. Seine Macht hatte er vor zwei Wochen verloren. Sein Reichtum wollte er nicht auch noch verlieren. Doch dieses Problem hat sich für ihn gerade in Luft aufgelöst.

Es waren erst wenige Kilometer vergangen, das Dorf gerade hinter einem Hügel verschwunden, als der Alte es spürte. Er blieb stehen, drehte sich um – und sah. Etwa fünfzig Schritte hinter ihm stand ein Mädchen. Klein, mit dünnen Beinen und einem zu großen Bündel in der Hand. Er runzelte die Stirn, hob kurz die Hand und winkte es zu sich. Langsam kam sie näher. Als sie vor ihm stand, sah sie zu ihm auf, schweigend. Der Alte musterte sie, verwundert, aber nicht unfreundlich. „Was willst du?", fragte er mit seiner rauen, tiefen Stimme. Wortkarg, wie er war, stellte er keine weiteren Fragen. Nur diese eine.

Zuerst kam es nur als Flüstern. „Warum?" Dann hob das Mädchen den Kopf, ihre Stimme wurde lauter, fordernder. „Warum?" Sie sah den Alten an, ihre kleinen Fäuste ballten sich. „Warum? Warum meine Mama?" Und dann schlug sie auf ihn ein, so fest sie konnte, trommelte mit den Fäusten gegen

177

seine Oberschenkel, gegen sein Knie, gegen das Unfassbare. „Warum?" Der Alte stand still, dann sackte er langsam zu Boden, ließ sich nieder wie ein müder Baum. Er nahm das Mädchen in die Arme. Seine Hände waren rau, aber zitterten. In seinen Augen sammelten sich Tränen, wie Regen, der lange ausblieb. „Aber es liegt doch nicht in meiner Macht, wer es ist", sagte er leise. „Du fragst den Falschen."

Eine gefühlte Ewigkeit saßen sie so da. Der Alte und das Mädchen. Beide weinten. Sie – weil sie den einzigen Menschen verloren hatte, der ihr Liebe gegeben hatte, und dem sie Liebe geben konnte. Er – weil es nicht in seiner Macht lag, etwas zu ändern. Und weil er, aus eigenem Erleben, nur zu gut wusste, was Einsamkeit bedeutete. Die Art Einsamkeit, die nicht schweigt, sondern in einem hallt. Die Art, die nicht vergeht. Er hielt sie fest, als könne er sie vor der Welt beschützen – obwohl er wusste, dass das nicht ging. Und dennoch ließ er nicht los.

Plötzlich riss sich die Kleine aus seinen Armen. Nicht aus Angst. Nicht aus Trotz. Mit den Tränen war auch die Wut gegangen. Sie stand da, das Bündel in der Hand, der Blick fest, beinahe ruhig. „Ich bleibe bei dir", sagte sie. Der Alte sah sie an, erstaunt. „Warum?", fragte er leise. „Ich bin wohl der, der schuld ist an deinem Verlust." Das Mädchen schüttelte den Kopf. „Nicht du", sagte sie. „Du bringst den Regen. Und Regen ist Wasser. Und Wasser ist Leben."

In einem Dorf hatten sich die Menschen versammelt. Die Sonne stand hoch, gnadenlos wie seit Wochen, die Erde war rissig, die Ernte bedroht. Wenn nicht bald Regen kam, würde alles verloren sein. Da erhob sich einer aus der Menge, ein alter Mann mit wettergegerbtem Gesicht, und sprach: „Ich habe von einem Alten gehört. Mit einem kleinen Mädchen. Wo die beiden auftauchen, da regnet es."

Nachwort

Ich bin nicht gekommen, um euch zu nehmen. Ich bin geblieben, weil ihr mich nicht loslasst. Ihr habt mich verflucht, verneint, vergessen – und doch habt ihr mich gesehen. In einem Foto. In einem Traum. In einer Blume. In einer Stimme, die nur barfuß zu hören ist. Ich war Vater, Pfarrer, Fremder, Schaffner. Ich war Stille zwischen zwei Atemzügen. Ich war der Regen nach der Dürre. Ich bin keiner von euch – aber ich gehöre zu euch. Ich war schon in euren ersten Fragen, und ich werde in euren letzten Blicken wohnen. Nicht, um euch zu richten. Sondern um euch zu begleiten. Ich bringe nichts mit. Ich nehme nichts mit. Ich war nur das, was euch fehlte, um zu verstehen, dass das Leben nicht unendlich sein muss, um bedeutungsvoll zu sein. Ich danke denen, die mich hörten. Die mir Platz ließen. Die meine Nähe nicht als Niederlage sahen, sondern als letzte Form der Wahrheit. In diesen dreizehn Geschichten habt ihr euch mir genähert – manchmal ängstlich, manchmal trotzig, manchmal in Liebe. Jetzt gehe ich wieder. Nicht weit. Nur ein paar Schritte hinter euch. Wie immer. Und irgendwann – wenn die Zeit stimmt, und die

Stimme leise genug ist – dann werde ich euch fragen: Sag mir, Mensch – willst du überhaupt wissen, wie spät es ist?

– Der Sohn von Zeit und Leben